中国

文化

四讲

歌以

咏志

李强　启功

编　　著

中国经济出版社
CHINA ECONOMIC PUBLISHING HOUSE

·北 京·

图书在版编目（CIP）数据

歌以咏志 / 启功著；李强编. -- 北京：中国经济
出版社，2024.1
（中国文化四讲）
ISBN 978 - 7 - 5136 - 7471 - 3

Ⅰ.①歌… Ⅱ.①启… ②李… Ⅲ.①古典诗歌 - 诗歌研究 -
中国 Ⅳ.①I207.22

中国国家版本馆CIP数据核字（2023）第180075号

责任编辑　龚风光　陶栎宇
责任印制　马小宾
封面设计　知雨林

出版发行　中国经济出版社
印刷者　北京艾普海德印刷有限公司
经销者　各地新华书店
开　　本　710mm×1000mm　1/16
印　　张　20
字　　数　232千字
版　　次　2024年1月第1版
印　　次　2024年1月第1次
定　　价　98.00元

广告经营许可证　京西工商广字第8179号

中国经济出版社　网址 www.econmyph.com　社址　北京市东城区安定门外大街58号　邮编 100011
本版图书如存在印装质量问题，请与本社销售中心联系调换（联系电话：010-57512564）

　　启功先生（1912—2005）在我们当下的读书界，最初是以著名书法家名世的。然而事实上，启功先生书法的成就，是以丰富与坚实的传统文化修养为根基的。启功先生是爱新觉罗皇族出身，自幼受到良好的传统文化教育，自青年至耄耋之年，从事高等文化教育凡七十余年，是一位文化教育的大师。启先生的著作，总是循循然善诱人的。

　　20 世纪 70 年代末，高等教育恢复，启先生招到了他的首批研究生。面对这些好学聪明又被时代延误读书的学子，启先生设计先开一门特别的课程——猪跑学。这是一个风趣的口头叫法，意思是没吃过猪肉也要了解一下猪跑，为青年学子"恶补"一下文化常识。老一辈学人都评价，启先生肚子里有无尽的中国学问。岂知启先生还是位能将其学问生动诙谐、深入浅出地表达出来的大师。那些如今成就斐然的门生学者，就是启先生的证明。

　　我们与出版社深入沟通，以启先生当年讲述"猪跑学"的思路，梳理整合启先生讲解传统文化的文字，分别以《千里之境》《笔墨风骨》《歌以咏志》《千年文脉》为题，编为绘画、书法、诗词、国学四部分，以图文为形式，为当代读者提供一套有体系、较简明的文化读本，也借此向年轻朋友介绍启功先生的学问一斑与文化品格。

　　在选编过程中，我们反复阅读启先生存世的著作，依据四个主题以及编辑体例要求，进行了仔细的选辑和排排。需要说明的有：

一、依体例要求，少数文章的标题与段落有所调整，并统一了标题层级。

二、依目前出版规范，查考相关资料与工具书，对原文的繁体字、异体字、标点符号等进行了校订，例如"做""作""的""地""得"等用法，均按当下出版规范进行了调整。而作者写作风格、语言习惯等，则尽量予以保留。

三、历史人物的名字，凡存在繁体、异体字的，统一改为简体字。例如文徵明的"徵"改为"征"，刘知幾的"幾"改为"几"，等等。

四、典籍著作的名称，按书画、文史领域的通用习惯，沿袭旧称。例如"《兰亭叙》""穀梁"等用法，均予以保留。

五、根据一般文化的标准，对我们认为的生僻字添加注音简释，对不常见的文化术语、历史事件、文化人物等添加介绍与说明。此部分文字以边注、脚注的形式呈现。

六、对原文提到的作品，尽我们的搜集能力，配图对照，方便读者的阅读体验。

七、极个别处，对原文知识点有所质疑，将编者的意见附注在页下。

八、根据内容精选历代书画作为配图，若画心完整，则不标注"局部"。

启功先生谢世近二十年了。先生的品德与学问，正像他为北师大拟写的"学为人师、行为世范"的校训一样，越来越广泛地被年青一代了解和继承。启功先生一生做了七十多年的文化教师，他的晚年，把为文化建设添一把力作为自己唯一的生命意义。现在，正是中华民族复兴与传统文化发展的百年良机，我们编辑出版这套"启功讲中国文化"的文化普及系列图书，是希望用方便好读的形式，推广曾经对我们精神再造的传心著作，为爱好传统文化的读者提供一个进阶方案，以纪念精神在我们心中长存的人生师长。启功先生的著作是眼光独具而深入的，也是启发有法且浅出的。我们编辑工作中的失误与不足，请读者朋友指谬，以助我们的改正与进步。

李强
癸卯初秋于北师大乾乾隅

我觉得诗的最高境界是：

「佳者出常情，

句句适人意。

终篇过眼前，

不觉纸有字。」

目录

辑一

古诗词六讲

目录

辑二

名诗词精读

诗不能如火车，
老在一条轨道上跑，
它必须有跳跃。

古诗词六讲

初唐诗与盛唐诗

今天讲初唐和盛唐的诗歌，算是一个略论。

何以称唐诗、宋词、元曲？因为唐诗最突出。何以诗到唐便兴盛起来？这也很值得研究。

有人分唐诗为四段，初、盛、中、晚，其中只推崇盛唐而卑视初唐。明人非盛唐诗不模拟，为什么？

我认为诗歌发展到唐代是壮盛时期。以诗歌广义的概念来说，元曲、宋词何尝不是诗？一篇好的散文，也等于诗。狭义而言，诗则专指五言、七言、歌行、乐府、古体……就这一范围而言，唐诗正处于壮盛的时期。为什么说唐诗处于中国古代诗歌的壮盛时期？这需要和以前的诗歌状况作比较，才能作出结论。

袁宏道（中郎）是公安派 ① 的代表人物，明万历 ② 时人。谭元春是竟陵人，合称"公安竟陵派"，小品文盛极一时。袁宏道的诗和

---

① 公安派：明代文学流派，形成于明代万历年间，因主将袁宏道为公安（今属湖北）人而得名。提倡文学"独抒性灵，不拘格套"。其创作率真自然，尤以小品文名世，而诗歌革新则毁誉不一。——编者注（以下脚注若无特别说明，均为编者注）

② 万历：明神宗朱翊钧年号（1573—1620）。

关于诗的见解都很好，他说"唐人之诗无论工不工，第取而读之，其色鲜妍，如旦晚脱笔研者。今人之诗虽工，然句句字字，拾人饤饾（dìng dòu，堆放在器皿中的蔬果，一般仅供陈设），才离笔研，似旧诗矣！夫唐人千岁而新，今人脱手而旧，岂非流自性灵与出自模拟者，所从来异乎？"（见江盈科《敝箧（qiè）集序》所引，钱谦益《列朝诗集小传》也有类似转引）明"七子"王世贞、李攀龙等专事模拟唐诗中所谓气势浩大者，便是假古董。我认为袁宏道之言，甚有道理。

汉魏六朝诗有成就，但究竟到了什么样的程度？譬如一枝花，从孕苞到开放、凋谢，应有一个过程。我认为汉魏六朝诗是含苞欲放的花。有人说汉魏六朝的诗好得不得了，古雅得很，其实不对。我认为，《诗经》在诗歌史的长河中与唐诗相比，如童稚语，朴实天真，不是长歌咏叹。传说毛主席曾说《诗经》"没有诗味"。又说现在的梯形诗除非给我一百块光洋，否则我才不看。此说是否真实，且不管它。我个人是十分赞成这种看法的。现在有人仍用四言诗作挽诗，我感觉表达力太差，难以尽兴。"诗三百"是诗的源头，处于不成熟的阶段。"关关雎鸠，在河之洲……"出语朴实，不俗。后人如再重复，便落入俗套。当然，《诗经》中也有比较成熟的，如"昔我往矣，杨柳依依。今我来思，雨雪霏霏"一类，便很有韵味，给人留有余地。

汉魏和西晋的诗比《诗经》大进了一步，能直接地吐露思想感情，这是好事，但未免失之太实。曹植的诗很好，与六朝、初唐诗已经很接近。其他如王粲、左思、陆机等，也大抵如此。左思的诗很像李白，但仔细一看，仅似是而非。如《咏史》诗云："左眄澄江湘，右盼（xì）定羌胡。功成不受爵，长揖归田庐"；"著论准《过秦》，作赋拟《子虚》"；"言论准宣尼，辞赋拟相如"。后面两句诗如对联，诗歌中称作"合掌"，意思都一样。这不是左思不行，而是当时对诗的要求就

［南宋］马和之《豳风图·七月》
现藏美国弗利尔美术馆

是如此，无须打磨得太光。前所引的第一首是无根底之言，有些像李白的豪语，其实都算不上是好诗。但就那个时期而言，是好的作品，只是与唐诗相比，那就差远了。

汉魏间有无超出一般水平的好诗？以"超脱"论诗虽不贴切，但也不妨借用一下，即写诗要给人留下空隙。留有余地，这就叫"超脱"。反之则为拙劣，把一切都说尽了。一如图画，总得在图画之外留有余地，否则就变成纯图案了。曹操的四言诗已很成熟，诗意跳跃很大。他借用《诗经》，信手拈来，毫不拘束。正因为他的诗跳跃性大，其间留有空当，故很能给人以想象的余地。曹操的诗是在汲取《诗经》和民歌的养料基础上而获得成功的。

诗不能如火车，老在一条轨道上跑，它必须有跳跃。南朝民歌《西洲曲》便富于跳跃性。我认为曹诗的成就比《诗经》要高。

不死不板，谓之超脱。汉魏六朝诗有这个成就，但还相当粗糙，琢磨得太少。陶渊明在诗中消胸臆愤懑，正如鲁迅所说，他并非浑身都是静穆，是一个很有正义感的人。陶渊明的诗表面平淡，其实有许多的愤懑和不平。如写辞官为其妹奔丧一诗，内容与奔丧完全无关，而且他根本就未去武昌奔丧。汉魏重名教，陶渊明表面奔丧，是敷衍名教；但诗中又实写其事，又足见其蔑视名教。"嬉笑之怒，甚于裂眦；长歌之哀，过于恸哭。"此便是陶渊明诗歌的写照。他越是写得平淡，内容也就表现得越深。他在诗中不能不顺应当时畅谈玄理的风气，也说一点儿理，但更多的是避讳它。他在诗中抒写情感，但又留有余地，并不过分。后人将陶渊明和谢灵运并称，其实不妥。清人周济认为陶渊明应与杜甫相提并论，理由是他们都有什么说什么，敢于直抒胸臆。

大家如能将汉魏到唐的诗歌加以比较，则可以看出陶渊明诗歌

[清] 石涛《陶渊明诗意册·带月荷锄归》
现藏故宫博物院

[清] 石涛《陶渊明诗意册·饥来驱我去，不知竟何之》
现藏故宫博物院

的特殊性不仅在于其思想方面，在艺术上陶诗也是自有特色的。当然，陶渊明在艺术技巧、音韵和用字方面，不如唐人成熟，这也是符合诗歌艺术发展规律的。

王粲投奔刘表，至武汉，写《南登霸陵岸》一诗，其间有"出门无所见，白骨蔽平原"句，是夸张，但也实在。杜甫诗却不一样。他在成都盼望长安，诗意就很不一样，如《秋兴八首》曰："夔（kuí）府孤城落日斜，每依北斗望京华。""瞿塘峡口曲江头，万里风烟接素秋。……回首可怜歌舞地，秦中自古帝王州。"诗意比王粲要有余地

北斗，一作南斗。

007

得多。宋人张舜民被贬到湖南，"何人此路得生还。回首夕阳红尽处，应是长安"，诗意又更进了一层。到辛稼轩①"西北望长安，可怜无数山"，更别有一番气象。同是望长安，几位诗人的处境、思想、感情乃至运用技巧不同，诗意便大不一样。比较起来，王粲的诗显得太实，毫无缝隙可言。

《诗经·硕人》云："领如蝤蛴（qiú qí），齿如瓠（hù）犀……"其写美女的手法也并不高明。曹植《洛神赋》的"延颈秀项，皓质呈露，芳泽无加，铅华弗御""丹唇外朗，皓齿内鲜"，虽写得稍好一些，但仍显得笨。

李商隐写冯贵妃："巧笑知堪敌万几，倾城最在著戎衣。晋阳已陷休回顾，更请君王猎一围。"这是从侧面写美女，但人的容貌、神态、情感、作用都表现出来了。故前者只是如画，后者却如电影，既立体，又生动。六朝诗和唐人诗写离别都写泪，淋漓尽致，李白却不落俗套："故人西辞黄鹤楼，烟花三月下扬州。孤帆远影碧空尽，唯见长江天际流。"这样的写法，就比王勃的"无为在歧路，儿女共沾巾"要高明得多。王勃的诗较前人已颇有更新，但仍撇不开一个"泪"字。

晚唐诗人许浑《谢亭送别》："劳歌一曲解行舟，红叶青山水急流。日暮酒醒人已远，满天风雨下西楼。"情调虽较李白低沉，但情感已是很深。

可见唐人诗较之前人，已很成熟。只是汉魏六朝诗在唐仍有余波，此不可不察。

张文恭《佳人照镜》诗有"两边俱拭泪，一处有啼声"的描写，貌似巧妙，写镜内外之人都在拭泪，但只能有临镜之人这"一处"

《硕人》是描写齐庄公之女、卫庄公夫人庄姜的诗篇。领：这里指颈。蝤蛴：天牛的幼虫，色白身长。瓠犀：葫芦瓜籽，色白齐整。

冯贵妃：这里指冯小怜。《隋书》："齐后主有宠姬冯小怜，慧而有色，能弹琵琶，尤工歌舞。"《资治通鉴》载："齐主方与冯淑妃猎于天池，晋州告急……齐主将还，淑妃请更杀一围，齐主从之。"

---

① 辛稼轩：辛弃疾，南宋文学家。字幼安，号稼轩。豪放派词人代表。

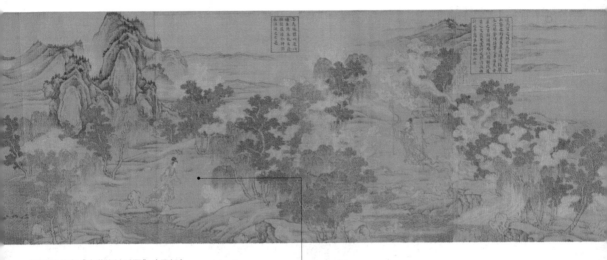

[南宋] 佚名《宋摹洛神赋图》（局部）
现藏故宫博物院

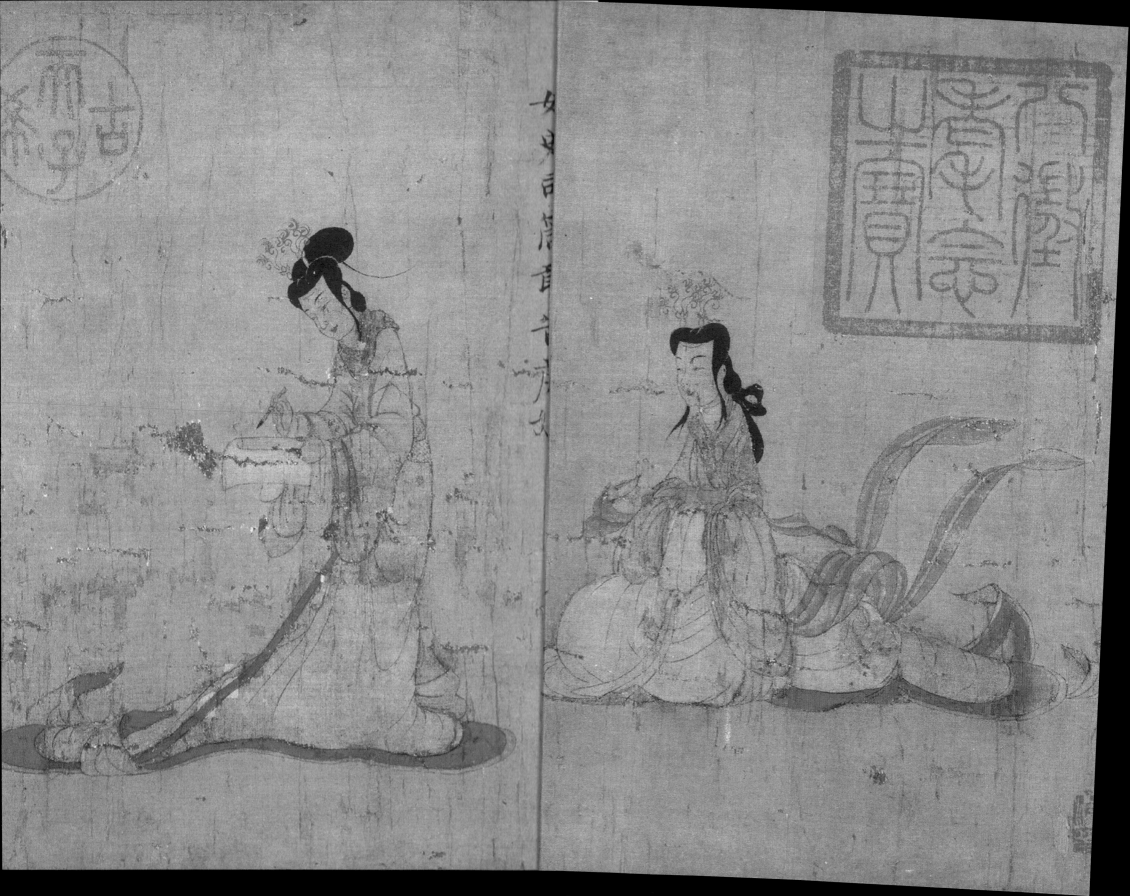

女史司箴敢告庶姬

晉顧愷之善丹
青自云傳神正
在阿堵間是知
非深入三昧者
不能到此卷為
史藏圖陳傳子
孫百餘年而神
采煥發意態如
生非流人窺測
所可涯涘董美
光紱李伯時潘
湘園云碩中舍
所藏名卷弓四
以此為第一信我
是園向貯脂書
房鑑得李畫
名畫特董版中
置建福宮之靜
怡軒頗四美之
怡志秘貴千古
法寶不可思議
平紀民丞亦為
正陵不萬籌為
乾隆丙寅劍合也
是年慶劍合也
前五日靜怡軒
御筆

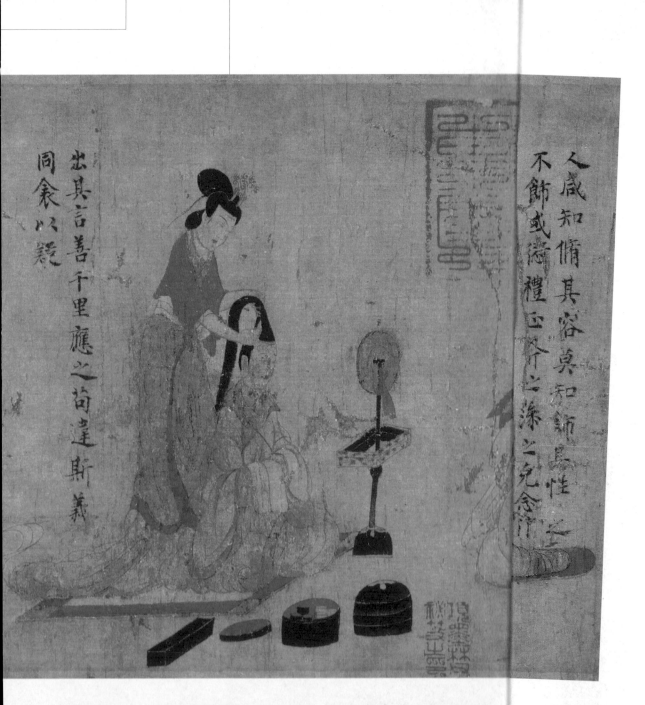

［晋］顾恺之（唐摹）
《女史箴图》
现藏大英博物馆

人咸知修其容莫知饰其性性之
不饰或愆礼正斧之藻之克念作

出其言善千里应之苟违斯义
同衾以疑

[唐] 韩干（传）《明皇调马图》
现藏台北故宫博物院

会有哭声，其实手法极为拙劣、俗气。《孟子》有"象忧亦忧，象喜亦喜"句，《红楼梦》用作谜语，谜底为"镜"，这就高明多了。张诗使我们想起一个民间搞笑的段子——瘸腿诗："发配到辽阳，见舅如见娘。二人齐落泪，三行。"为什么是"三行"？因为其中有一人为独眼也。这与张诗"两边俱拭泪，一处有啼声"有何区别？张文恭诗本想作得巧妙一些，灵活一些，不想弄巧成拙。

张九龄，唐前期诗人，后半生历唐明皇世，一般人认为他是盛唐时的诗人。但其诗中，不乏初唐货色。如《过王濬①墓》诗云："汉

---

① 王濬：西晋名将。字士治，弘农湖县（今河南灵宝西北）人。任益州刺史，积极备战。于咸宁五年（279）受命伐吴，次年克武昌，顺流而下，直取吴都，后主孙皓投降。

王思钜鹿，晋将在弘农。入蜀举长算，平吴成大功。与浑虽不协，归皓实为雄。孤绩沦千载，流名感圣衷。万乘度荒陇，一顾凛生风。古节犹不弃，今人争效忠。"（此诗系"奉和圣制"）可见盛唐也有这种诗，甚为拙劣，是未能消化题材的产物。刘禹锡是中晚唐诗人，他的《西塞山怀古》："王濬楼船下益州，金陵王气黯然收。千寻铁锁沉江底，一片降幡出石头。人世几回伤往事，山形依旧枕寒流。今逢四海为家日，故垒萧萧芦荻秋。"说的也是晋的统一，但要深沉丰富得多。张九龄和刘禹锡生活的时间相距不远，却有如此的差异。当然，刘禹锡诗也有拙劣的，张九龄诗也有佳作。

就诗这种艺术而言，在汉魏六朝时期未被完全消化，其间颇有硬块。但到了唐人手中，不仅被消化，还颇为流畅，有生意。尽管其中也有未完全消化者，但属余波。

初唐诗有哪几个方面值得注意？

李商隐《漫成》说"当时自谓宗师妙，今日唯观对属能"，他认为初唐诗人只会对对联。这说明初唐诗虽然较汉魏六朝有所"消化"，但不如盛唐诗成熟。李商隐这两句仍属有联无篇。杜甫诗云："王杨卢骆当时体，轻薄为文哂（shěn）未休。尔曹身与名俱灭，不废江河万古流。"盛唐人轻视初唐，杜甫却深知初唐人作诗的甘苦。他熟悉《文选》，自谓"熟精《文选》理"。自己读过"选体诗"，知道初唐人披荆斩棘的艰苦，也知道他们消化汉魏六朝人的功绩。初唐人确有自己的贡献，也有自己的特色。

一、五言抒情诗

此派源于阮籍。我极反对钟嵘《诗品》硬派诗人渊源，这是勉

《文选》是我国现存最早的一部诗文总集，由南朝梁代昭明太子萧统主持编纂，所以又称《昭明文选》。唐代以诗赋取士，《文选》成为士子学习诗赋的范本，甚至与《五经》并列。到了北宋，民间还流传歌谣："文选烂，秀才半。"

强的比附，虽然也有符合事实的一面。诗歌的格局、形式是可以有继承性的，人的情感却是无法继承的。

阮籍诗"夜中不能寐，起坐弹鸣琴"，此是好诗。一般来说，他的诗很难懂。此中固然有政治的原因，作诗有许多苦衷，故模模糊糊。但是，他用五言诗表达思想感情的方法却被后人吸收。东晋玄言诗虽然也说理，写景却有诗意。谢灵运《登池上楼》"池塘生春草，园柳变鸣禽"，尽管末尾仍归于玄言说理，写景还是很好的。阮籍以《咏怀诗》抒写怀抱，于六朝的影响还不甚大。但到初唐陈子昂、张九龄的《感遇》感兴诗，则可见其影响，而且他们的诗较阮籍更为成功。

二、"四杰"之七言律调长古诗

从张若虚《春江花月夜》到卢照邻《长安古意》《行路难》，全用四句小律调堆砌起来，此是元白长庆体的来历（元稹《元氏长庆集》、白居易《白氏长庆集》）。清人吴伟业专作长律调古诗，亦以初唐为渊源。这种体式乃汉魏六朝所无，汉武帝《秋风辞》仅有几句。《柏梁诗》是胡乱联句，毫无意思。皇帝吟"日月星辰和四时"，郭舍人联"啖妃女唇甘如饴"，岂非胡闹！庾信的《春赋》有不少七言律句，然不完整，终不如初唐诗成熟。

初唐律调长古诗仍有不消化的痕迹，还局限于就事写事，只是形式很规整、合辙，眼界也大一些，但仍未脱离宫体诗的束缚。

三、律诗格调之成熟

此是初唐人的功绩。律诗格调六朝已具雏形，隋朝已有规模，但总有一两字拗，总不协调。隋诗中仅有两三首纯正。初唐完成了格律诗的创体。武则天在石淙游玩，事后将骈体文的序刻于水口处北边墙上，其他文人所作的律诗，刻于水口处南边石壁之上。现《秋日游石淙》刻石①仅存序，诗已泯灭。武则天《石淙》诗尚存，其中仍可见不纯之处。沈佺期和宋之问的七律却很合律，别人的诗，包括武则天，总有一两句不合调。宋之问与沈佺期合称，虽然诗的内容不足称道，但在格律的完成上却是有功劳的。沈宋诗亦非全都属于律调。

杜甫的律诗均合格律，即有拗句，也是有意为之，这是初唐所未曾达到的境界和高度。

有的先生研究杜诗格律，专挑他晚年故意带拗句的诗，认为杜甫到晚年还不会作律诗，本人以为不妥。如杜诗《秋兴八首》第一首的第一句"玉露凋伤枫树林"，后三字为平仄平，就是拗句，而像"强戏为吴体"的诗更是有意作拗体。我们绝不能因此认为律调在杜甫手上仍未完成。其实，早在沈宋手中，律调便已完成。

[唐] 薛曜《夏日游石淙诗并序》（局部）
现藏上海博物馆

① 《秋日游石淙》刻石：唐代薛曜书法代表作，即《夏日游石淙诗并序》碑刻，为纪念武周久视元年（700）武则天率群臣巡游中岳嵩山石淙河而造的摩崖碑刻。

四、表达的手法也有进步

骈体文是诗的一个别种。王勃的"落霞与孤鹜齐飞，秋水共长天一色"，有人说他是抄袭庾信的《华林园赋》的"落花与芝盖齐飞，杨柳共春旗一色"。我认为即便是"抄袭"，也抄袭得好。后者"落花与芝盖齐飞"，形象便很勉强。试问芝盖如何与落花共飞？王勃则高妙多了。抄得好，是点铁成金，可以超越前代。

五、宫体诗

宫体诗无疑是腐朽的，但它何以会产生？当时文人多应诏作诗，不仅限题，而且限韵，所以只好瞎写。偶尔也有对上的，却不足为法。六朝以来，便有应制、限题、限韵的流习，诗歌创作颇受其弊。但宫体诗究竟有无一点儿积极的作用？有些宫体诗不是应制品，何以仍会是那些内容？回答是无论应制与否，都为的是娱乐皇上。正因如此，当时的诗歌很注重形式，有如图案。

骈体文也是图案，句法有规矩。戏中演古人，得有一定的道具，一定的表演方法，如果抛弃这些，便演不成古人。骈文和散文的关系，便是如此。无论宫体或骈文，其形式与内容应是统一的。

初唐尚未脱离奉旨、应诏为文，尚未脱离骈体文的影响。

下次讲李白和杜甫，可以先读读他们的作品。阅读中除注意内容的精华与糟粕，也应注意形式的精华与糟粕。

现开列以下书目：胡应麟《诗薮（sǒu）》、胡震亨《唐音癸签》，清代大官僚季振宜有抄本。后康熙命人加工，成《全唐诗》，交江南织造曹寅刻印。《全唐诗》其实并不全。北京大学王重民先生从敦煌出土的材料中选出《全唐诗》所无者刊登在"文化大革命"前的《中华文史论丛》上，最近又刊登了一部分。

《历代诗话》①是何文焕辑的，属丛书性质，丁福保印过，这个版本比较好。诗话一类的书不可不看，却不可多看。应直接看原作。

要研究唐诗，应先看《文选》所选的诗歌与小赋。这些小赋其实就是抒情诗。赋者，古诗之流亚也，本来就是古诗的一部分。陶渊明的诗应该读，《文选》选得不够。《文选》其实是图案选，写意的、有诗情画意的，《文选》都未选。它主要选近"文"的，故陶诗未入其流。谢灵运诗好，读之较难，现在实在读不懂，可以放一放。

《杜甫墓系铭》和《李太白集》前的序②都应该读读。

《杜诗镜铨》较好。《杜臆》《读杜心解》③纯属评论，颇多谬语。

---

① 《历代诗话》：古代中国诗歌理论著作。清何文焕辑，共收录南朝梁代钟嵘《诗品》、唐司空图《诗品》、宋欧阳修《六一诗话》以及元、明历代诗话二十八种。所选以议论精确、文笔有致、能发新义为标准。

② 《李太白集》前的序：李阳冰撰写的《草堂集序》。

③ 《杜诗镜铨》：清代杨伦对杜甫诗文的诠注。二十卷，以诠注精简著称。《杜臆》：明清之际王嗣奭研读杜诗的著作。《读杜心解》：六卷，清代浦起龙撰。

李
白
与
杜
甫

今天讲李白与杜甫。

唐时就有人争论李杜优劣。郭老①著《李白与杜甫》，把这个问题的论争推向了高峰。许多人的文章也谈这个问题。我认为不能简单地分其优劣。李白有他自己的优劣处，杜甫也有他自己的优劣处。元微之②曾为杜甫作墓系铭（铭属韵语，铭前的序称"系"），认为李白不如杜甫。"李尚不能历其藩翰③，况堂奥④乎？"元稹何以会有这样的感觉，下面再谈。

《李白与杜甫》出版时，我帮别人买了许多，自己却一本也没有。至今未看，观点不清楚，据说主要是"扬李抑杜"。今天我所讲的，如有与郭老观点抵牾处，请批评。

---

① 郭老：指郭沫若。

② 元微之：元稹，唐代诗人。字微之，河南（今河南洛阳）人。居京兆万年（今陕西西安）。官至监察御史、同中书门下平章事。与白居易友善，世称"元白"。系新乐府运动主要作者之一。

③ 藩翰：这里指藩篱、篱笆，引申为边沿、界域、门户。

④ 堂奥：厅堂和内室，引申为深处，比喻深奥的义理或深远的意境。

我的基本观点是，评论作家不能一刀切。孰优孰劣，都不能绝对，关键是就作品进行具体分析。

李白诗集共二十五卷，第一卷至第二卷是古诗；第三卷至第四卷是乐府，均用乐府古题，如《将进酒》《……歌》《……曲》等；第六卷至第八卷为歌吟，其实仍属乐府性质，如《梁甫吟》《襄阳歌》；第十六卷至第十八卷为赠；第十九卷为酬答；第二十卷为游宴；第二十一卷为登览；第二十二卷为行役、怀古；第二十三卷为记闲适；第二十四卷为感遇、写怀；第二十五卷为题咏、杂咏、闺情。这种分类法虽然不科学，但仍可看出李白创作的大概。其实乐府至歌吟，可归一类；赠至游宴可入一类；登览至怀古可入一类；记闲适至闺情可入一类。就其诗体（或诗格），包括风格、手法而言，都和以前的乐府古诗一类相似，甚至连题目也沿旧。赠答诗在其创作中占有极大数量，其中也不乏好诗，但杂有不少应酬之作。由于李白名气大，他死后，别人编集，良莠不分，甚至手稿也印出，这就影响了质量。就其赠答诗的形式而言，亦如以前的乐府、古诗和歌行。所以，我认为李白诗的体格是以乐府为主要特色。

就思想性而言，李白经历了由全盛到"安史之乱"的唐代政治，因此感情炽热、充沛。他在抒发感情时，并不直接宣泄，而是借用以前的诗歌形式，借用以前的表达方式来表现自己。他政治上有正义感，想改革现实而无门。他信奉道家。道家过去是黄老之学，东汉是农民起义的工具，北魏寇谦之将它搞成道教，吸取了佛教的一些内容和形式。李白所崇拜者，便是道教的求仙、求长生、飞升等。李白何以如此？是因为他在现实社会中无出路，便在此中寻求寄托。

对道教的信奉与追求，使李白的诗境有所开拓。苏轼曰："作诗即此诗，定知非诗人。"作诗老死句下，是不行的。诗要有理想、有

[清]苏六朋
《太白醉酒图》
现藏上海博物馆

幻想，意境开阔。李白求仙，不讲求药（非道教金丹派）。信奉道教使李白的诗歌内容单调，不外求仙、飞升、隐居等。所以，李白诗中的确有些糟粕，值得我们注意。

我曾有诗云："千载诗人有谪仙，来从白帝彩云间。长江水挟泥沙下，太白遗章读莫全。"这就是我对李白诗章的看法：有珍珠，也有泥沙。

他诗中的杂乱者，大多在赠答诗。其结尾不外一曰勉励对方，二曰求仙，三曰隐居。

诗尾很难作，要有余韵。"人生贵相知，何必金与钱"，倘是我作，人皆摇头，一入《李太白集》，便不同了，因为他是名家。"结期九万里，中道莫先退""人间无此乐，此乐世中稀"，此是何辞？"桃花潭水深千尺，不及汪伦送我情"，此与大鼓词何异？不过也看出李白诗好的一面，即取用民间语言，只是与前面的风格不协调。

《古风》之十："齐有倜傥生，鲁连特高妙。明月出海底，一朝开光曜。却秦振英声，后世仰末照。意轻千金赠，顾向平原笑。吾亦澹荡人，拂衣可同调。"此与左思"左眄""右盼"，同出一调。诗中"倜傥""澹荡"，均为连绵字，同韵同义。前面大说其古之同调者，铺叙一通，最后才归结到自己，偏又十分肤浅。又，《古风》之十九："西上莲花山，迢迢见明星。素手把芙蓉，虚步蹑太清。霓裳曳广带，飘拂升天行。邀我登云台，高揖卫叔卿。恍恍与之去，驾鸿凌紫冥。俯视洛阳川，茫茫走胡兵。流血涂野草，豺狼尽冠缨。"此诗的主题为最后四句。前面一番烘托，并不直接用语，何者？最后四句本可独立成诗，为何偏在前面作如此渲染？何以不直接揭发？这是因为诗要用形象，要用比兴，即陆游所说的"兴象"。这说明李白继承了汉魏六朝以来的诗歌创作特点，不是直接议论，常借助

[明] 王宠《草书李太白诗卷》
现藏上海博物馆

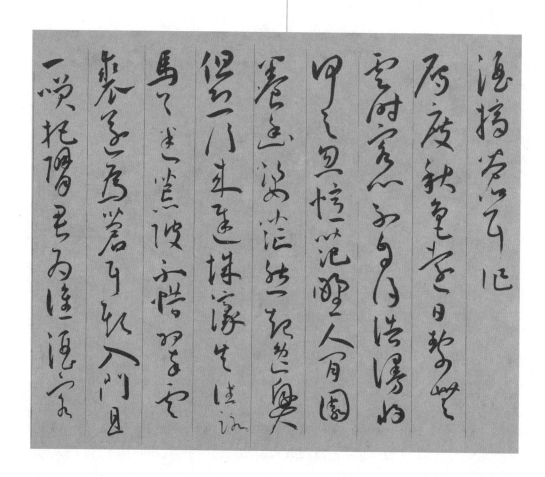

诗中人物形象和事件来寄托情感和思想。

我认为李白诗歌的体格是继承了汉魏之前的传统的。

杜甫又怎样呢？

宋刻杜诗是古体诗、近体诗各一卷。杜诗一卷至八卷均为古体诗，九卷至十八卷为近体诗（律诗）。另有补遗一卷，共十九卷。杜甫不作乐府古题，即使有也极少，也不作乐府的旧格式。他称自己"熟精《文选》理"，但他的诗既不像二谢，也不像三曹。清末民初王闿（kǎi）运①专作选体诗，专事模仿六朝人诗，而杜甫则是"熟精《文选》理"，不作《文选》体。我在《论诗绝句·杜甫》中曾这样评价杜甫："地阔天宽自在行，戏拈吴体发奇声。非惟性癖耽佳句，所欲随心有少陵。"尽管他也有咏物诗，但别有寄托，绝非简单的咏物诗。

就诗的体格而言，他的古体诗任意抒发，不拘六朝一格。其律诗十分精密，其间偶有不合律者，乃故意为之，"强戏为吴体"。其内容也随手而来，既不受格律的束缚，更无思想的束缚。李白则

---

① 王闿运：清末民初学者、文学家。字壬秋、王父，号湘绮。咸丰举人，曾任肃顺家教、曾国藩幕客，后讲学于各地。工诗文，主盟湖湘文坛。光绪末年授翰林院检讨，加侍讲衔。民初任清史馆馆长。

[元]赵孟頫《杜甫像》(局部)
现藏故宫博物院

[明]董其昌《杜甫谒玄元
皇帝庙诗》
现藏台北故宫博物院

少作律诗。当然，决不能用作律诗之多少来分别作家之优劣。但杜甫作律诗而不囿于格律，且将格律驾驭得十分纯熟，是甩开脚镣跳舞，这是难能可贵的。

杜诗在其思想内容上很少言幻想，求神效，也不吹大牛。"窃比稷与契"，只是偶然吹一下，且前面还加有一句"许身一何愚"，最终说自己办不到。其"三吏""三别"是借故事批判现实，绝非如李白借鲁仲连和"明星女"咏叹。

《诸将》："多少材官守泾渭，将军且莫破愁颜""洛阳宫殿化为烽，休道秦关百二重。……稍喜临边王相国，肯销金甲事春农"，此种议论，态度分明，在杜诗中很多。此是李杜不同者三。

杜甫有无纯咏物诗？有。"黄四娘家花满蹊，千朵万朵压枝低。留连戏蝶时时舞，自在娇莺恰恰（gà gà）啼"，虽然是客观写景，其实中间颇有自己。又"繁枝容易纷纷落，嫩叶商量细细开"，这是诗人眼中的花和叶，其间岂无诗人自己的主观感情？姜白石①之"数峰清苦，商略黄昏雨"，便是得了杜诗的启发。从咏物中可让人体会到诗人的形象，这是杜甫的高明处。

李白的赠答、送别胜于六朝人。杜甫无论是送别、咏物，其结尾几乎无雷同。信笔所至，即是好结尾。诗中结尾差者，最数陆游。

杜甫《咏怀古迹》"庾信平生最萧瑟，暮年诗赋动江关"，虽言庾信，其实是暗喻自己，较之李白"吾亦澹荡人"便高明得多。

上述对比，绝非扬杜抑李。我想，可以这样说，在风格上，李白是继承的多，杜甫则是开创的多。在思想上、政治上，李白是通过古体曲折的方法来表达自己的爱憎、批判，而杜甫却是直抒胸臆。但在理想的表现方面，李白是直率的、公开的，杜甫却是曲折的。

表面看来，李白是继往开来的，很有创造性。其实他的体格、手法、风格，都是继承来的。所以我认为李白是"继往"，是"往"的总结。由于他自己本领大，能用古人的东西唱出自己的东西来。从唐初往六朝看，李白是峰顶上的明珠。当然，李白虽然继承六朝以来诗歌的体格，但他还没有完全脱离事和物的特点。六朝多玄言

原文如此。

枝，原文为花；叶，一作蕊。

---

① 姜白石：姜夔（kuí），南宋词人、音乐家。字尧章，号白石道人，饶州鄱阳（今属江西）人。终生未仕，转徙江湖，与诗人词客交游。诗词、散文、书法、音律无不精善。

瞿唐峽口曲江頭
萬里風煙接素
秋華萼夹城通
御气夫容小苑
入邊愁朱簾繡
柱園黄鶴錦纜
地秦中自出帝
首可憐歌舞
牙檣起白鷗迴
王州

微信宿漁舟還
汎清秋燕蕖子故
飛注衡抗疏切
名薄劉向傳經
心事遠同誰少
年馬俱不厭五陵
衣馬自輕肥

右少陵秋興八首蓋
今絵唱也沈君以此帙
眾書因為書此風短
僅浮其多四十年前
此詩気多四十年前
所書今人欵之未必以
萬五字如子昂題
至治三年四月十七日

[元] 赵孟頫《杜甫秋兴八首》
现藏上海博物馆

034

玉露凋傷楓樹林　巫山巫峽氣蕭森
江間波浪兼天湧　塞上風雲接地陰
叢菊兩開他日淚　孤舟一繫故園心
寒衣處處催刀尺　白帝城高急暮砧

夔府孤城落日斜　每依南斗望京華
聽猿實下三聲淚　奉使虛隨八月查
畫省香爐違伏枕　山樓粉堞隱悲笳
請看石上藤蘿月　已映洲前蘆荻花

诗，也还是由具体的事物（景、人、事）才归入玄言。他的《蜀道难》虽有对蜀道的生动描写，但毕竟没有脱离一个"难"字。

杜甫的诗歌创作的路子虽然是旧的，但他所走的和李白并不是一条路。以诗人的感情、思想为主，事物均为我用，其咏事咏物均为表达思想感情的材料。"吴楚东南坼，乾坤日夜浮"，有人说炼字好，眼孔却太小。关键在于他把吴楚和乾坤作为自己身世和内心世界的反映，写了一个空旷寂寥的环境和气氛。六朝人的"大江流日夜，客心悲未央"，前句还不错，第二句便显浅露，糟蹋了前一句。李煜的"问君能有几多愁，恰似一江春水向东流"，就比之高明多了。杜甫的最后两句是"戎马关山北，凭轩涕泗流"，虽然潸然泪下，亦不失忧国的本色。

"感时花溅泪，恨别鸟惊心"，此诗历来有两解，争论得很厉害，我认为毫无必要。此时，花、鸟均与诗人一体。雕塑可以面面观，浮雕虽然只能看一面，倘是杰作，亦可使人在想象中面面观。杜诗便有此种境界。庾信《小园赋》："草无忘忧之意，花无长乐之心。鸟何事而逐酒，鱼何情而听琴。"此用草、花、鸟、鱼来概括，便不如杜诗"感时花溅泪"两句。在杜以前，用此手法者不多。

杜诗中有无题诗，以第一句前两个字为题。也有《咏怀》《诸将》等类的诗，连续几首，成一整体。

我认为，李白是过去的总结，杜甫是未来的开始。当然，并非说李白对后来没有影响，那是另一个问题了。

比较李杜，不能简单地说优和劣。在元稹、白居易的时代，李白习用的乐府体裁已不能适应需要，而杜甫却能为他们提供手段。故元稹抑李扬杜。但我们不能简单化，应历史地看待李白的诗歌成绩。就思想言之，两人各有特点，各有值得肯定之处。

李白的集子自宋以来无多大变化，许多诗无年月，无法如杜诗那样编年。南宋杨齐贤、元朝萧士赟、清代王琦[1]均有注本。萧本收有杨注，王本收有萧、杨注。杜诗有宋版影印本。钱谦益注本称《钱注杜诗》，是依据宋本而来的。

补充：李白集有宋人缪刻本，现仅剩七种，经印证，可见缪本的底本是蜀刻本，《续古逸丛书》收。陶渊明的诗自注有日子，编年还好办。朱鹤龄[2]据宋黄鹤、鲁訔（yín）[3]之千家注杜（黄）及年谱（鲁）将钱注打散，按年谱编排。但是，有些诗无年代可查，仍勉强排入何年何月。我以为宋刻本较可靠，可参考年谱。须注意杜诗无天宝前的，年谱却勉强排入。如李白《蜀道难》下有注"讽章仇兼琼[4]"，其实

缪刻本：清康熙年间，缪日芑以昆山徐氏所藏北宋元丰三年临川晏氏刊本为基础校正刊行的版本。

---

[1] 王琦：清代学者。字载韩，号琢崖，浙江钱塘人。以注释李白、李贺诗文而闻名。有《李太白诗集注》三十六卷。

[2] 朱鹤龄：明末清初学者。字长孺，曾笺注杜甫、李商隐诗，盛行于世。

[3] 鲁訔：南宋学者。字季钦（卿），号冷斋，嘉兴（今属浙江）人。绍兴进士，官至福建路提刑。撰有《杜工部草堂诗笺》四十卷、《杜工部诗年谱》一卷。

[4] 章仇兼琼：唐代大臣。鲁郡任城县（今山东嘉祥）人。任剑南西川节度使时，曾捐资修建乐山大佛。曾因杨贵妃有宠，举荐其堂兄杨国忠入朝。后升任户部尚书，天宝十载卒。

[清] 王时敏《杜甫诗意图》册（局部）
现藏故宫博物院

此处指唐明皇宠信杨贵妃兄妹导致"安史之乱"后，仓皇入蜀避难。

此诗写作较早，何能讽明皇幸蜀？所以，编年并非全无用处，但须谨慎。闻一多《杜少陵年谱会笺》驳鲁、黄鹤之说，值得一看。最近将出版仇兆鳌 ① 的《杜诗详注》。钱注不注辞，可参看仇注。

詹锳《李白诗文系年》较好之处是并不强求将有些查无年代的诗归入年谱。

杜诗触了两个霉头：仇兆鳌注杜诗要"无一字无来历"，结果割裂了杜诗，歪曲了原意，流弊很大。又称杜甫"每饭不忘君"，便太无道理。

杜诗尚有"九家注杜"，武英殿聚珍版有此宋刻本。昔年燕京大学出版的《杜诗引得》不知尚能影印否？

《杜诗镜铨》，清人杨伦注，简单明了，较好。

---

① 仇兆鳌：清初学者。字沧柱，号知几子，浙江鄞县（今浙江宁波鄞州区）人。师从黄宗羲，论学宗刘宗周，与万斯同交游。康熙年举进士，官至吏部右侍郎。

中晚唐诗

行行重行行，与君生别离。

相去万余里，各在天一涯。

道路阻且长，会面安可知。

胡马依北风，越鸟巢南枝。

相去日已远，衣带日已缓。

浮云蔽白日，游子不顾返。

思君令人老，岁月忽已晚。

弃捐勿复道，努力加餐饭。

辞君远行迈，饮此长恨端。

已谓道里远，如何中险艰。

流水赴大壑，孤云还幕山。

无情尚有归，行子何独难？

驱车背乡园，朔风卷行迹。

严冬霜断肌，日入不遑息。

忧欢容发变，寒暑人事易。

[唐]周昉《簪花仕女图》
现藏辽宁省博物馆

中心君讵知，冰玉徒贞白。

…… ……

今天讲中晚唐诗。过去一分初、盛、中、晚，便由此判优劣，我以为不尽然。

初盛唐文学发达的条件是多方面的。隋的准备、诸文人的文化教养、经济的繁荣、外族文化的影响等，故而欣欣向荣。加之"安史之乱"后，诗人遭此荼毒，感情更深挚、沉郁，诗篇愈加动人。

"安史之乱"后，便是中唐。唐王朝走下坡路由此开始。当时，不听提调的李希烈等藩镇虽然不止一两人，但政治相对稳定。所以，中晚唐的诗既不可能如"安史之乱"中的诗人那样沉痛、愤激、有色彩，也绝无升平气象。诗人们生活比较安定，心境也较为平淡，故诗中多游宴酬答之作。

中晚唐的诗人为寻找诗歌的出路，突破前人的樊篱，进行了一些努力。有人认为科举制刺激了诗人的探索，这也不尽然。

有些诗人跨了两个时期，究竟该判入哪个时期？依我看，不必拘泥于分期说。

中晚唐诗人生活平淡，题材范围小，内容单薄，于是转而在技巧上去求精求细，希冀以此见长。所以，这时诗歌的气概，远不如李杜。李杜的好文章尽兴，不事雕琢。中晚唐则不然，精雕细琢，故而纤细，绝无李杜的气魄宏大、横冲直撞。明人李攀龙的"黄河水绕汉宫墙"，便是学盛唐的"实大声宏"。中晚唐诗就没有这种特色。

前面引的两首诗，第一首为《古诗十九首》中的一首，第二首是拟古之作，从中可看出模仿的痕迹。它体重、分量，都不如第一首，显得纤细、瘦弱。第一首古朴，甚至有些粗糙，但也更见得壮实、有内容。第二首是中唐韦应物所作的《拟古诗》十二首中的一首。他学陶渊明一派，用五言古诗写作，追求古淡。正如韩愈所称："有琴具徽弦，再鼓听愈淡。"可见他已经看出了其中的弊病。当时的人所理解的"古"，是淡，是细，但不敢粗糙，所以终究"古"不起来。形式上的雕琢、细腻、古淡，这就形成了中晚唐的诗风。

一、中晚唐的诗歌，没有盛唐诗歌的内容特色

这是社会生活使然。"大历十才子"较之李杜，生活平庸无奇。但也无法强求，他们生活的社会环境和盛唐相比，很不一样。

诗和驳难说理不一样，是有韵的语言，是形象的手段，是艺术品，有它自己的特点。有些文学史只强调诗歌的思想性，而对其艺

术的继承、发展和特色缺乏研究。诗反映生活现实，究竟是照相，还是经过加工、消化，再创作出来？故评论古代诗歌不能单搞题材论、内容论、主题论，也应研究诗人的艺术手段。如杜甫的"三吏""三别"与白居易的《秦中吟》内容相近，但艺术的手段究竟有何不同，确实缺乏研究。诗人选题材，并不具有任意性。题材存在于生活。有什么样的生活，才有什么样的题材来源。当然某些题材之外，并非便不能写。

中唐诗歌反映了那一时期的社会现实。诗的题材内容，还不能全面代替它的思想性，思想内容更代替不了艺术性。

二、中晚唐诗歌反映的内容

中晚唐的诗歌，写边塞，写人民痛苦，写朝廷平定叛乱，也写贵族生活的糜烂等。这些内容，用极为细腻的手法表现出来，冲淡了内容，降低了思想性。但它们的价值是不可抹杀的。

三、中晚唐诗歌的特点

无论什么题材，手法都趋于精致。

不知是有意还是无意，中晚唐诗人都各走一道，互相避免雷同。特别是在体裁上，尤其如此。如韦应物好作五言古诗，李贺善用怪字，孟郊基本上写的是五言古诗，但风格与韦应物不同。韦诗古淡，孟诗苦涩。许浑基本上是律诗（五言、七言律诗和绝句）。这是什么原因？盛唐诗人中，便没有这种现象。我认为，这是因为中晚唐诗人的力量不够。他们为了在诗坛上有一席之地，只得精琢一门，以一取胜。

[清] 王翚《唐人诗意图》
私人收藏

所以，我认为他们是有意识地互相避开，各专一门。

大历、元和①年间，诗坛很繁荣。"十才子"有优劣之分，无非是要凑足十人之数。正如鲁迅先生所说的"十景""八景"病，这是中国封建文人的坏习惯，无非是互相吹捧。当时起名，无非是某贵族常请他们吃饭，便由此称呼了起来。我不承认"十才子"之说，只承认大历时代有自己的风格。其中值得一谈者，如韦应物、孟郊、李贺。唐朝有两个韦应物，又恰巧都做过苏州刺史，官司至今没打清楚。有人考证前韦应物是诗人，后者是谁，便不清楚了。此外，卢纶、刘禹锡等，也值得一提。

李杜以后，中晚唐诗人如果不标新自立，是站不住脚的。然而加工愈多，风格便愈脆弱。韩愈是故意装狠，怒目而视，气势远不如老杜。

中晚唐生活的相对安定，决定了诗歌内容的平庸。但无论怎样，当时诗歌的内容还是很丰富的。我认为，中唐的诗人，当推韦应物，其次，要数孟郊。孟郊有些神经质，生平清苦。浙江流传有明人徐文长的故事，此人也是个精神病。我认为诗人有精神病并不奇怪。就孟郊诗来看，他是个钻牛角尖的人，故不能不有精神病。如说楼高，他偏要钻进楼去，究其多高。故孟郊的诗苦涩。用一两个字论诗风，虽不完全准确，但用"苦涩"二字论孟郊，却是很准确的。如孟郊写闺怨："妾恨比斑竹，下盘烦冤根。有笋未出土，中已含泪痕。"（《闺怨》）说怨，说恨，说泪，说哭，简直入了骨，钻进了牛犄角。又有《游子》诗："萱草生堂阶，游子行天涯。慈亲倚门望，不见萱草花。"最后一句，言望游子而不见萱草，真出人意料。又如："试妾与君泪，

试，原文为拭。

---

① 大历：唐代宗年号（766—779）。元和：唐宪宗年号（806—820）。

两处滴池水。看取芙蓉花，今年为谁死？"（《古怨》）比赛谁流的泪多，已很新奇，而看谁的泪能把芙蓉花淹死，更属新奇。又如，"借车载家具，家具少于车"（《借车》），这类诗句，立意也很怪。

卢仝、马异的诗仅字面怪，孟郊的诗意思也很怪，简直像是看悲剧，越看越涩。他的诗字面通达，意思一层深似一层，这便是他的风格。此为盛唐所无，姑且不论其优劣。

李贺的拟古乐府诗多，有些非旧体诗，凭空造出。如韩愈去看他，高兴异常，作《高轩过》，装点许多典故，却并无多少内容。好生造字，色彩鲜艳、华丽，读起来却很艰涩。王琦有李贺诗的注本。李贺和孟郊的诗令人不太好懂。王琦的注本也不太清楚。孟郊诗如橄榄，苦涩后有甜味。李贺诗亦是橄榄，但裹了一层糖衣。

卢纶《晚次鄂州》诗："云开远见汉阳城，犹是孤帆一日程。估客昼眠知浪静，舟人夜语觉潮生。三湘衰鬓逢秋色，万里归心对月明。旧业已随征战尽，更堪江上鼓鼙声。"又《曲江春望》："菖蒲翻叶柳交枝，暗上莲舟鸟不知。更到无花最深处，玉楼金殿影参差。"又《塞下曲》："林暗草惊风，将军夜引弓。平明寻白羽，没在石棱中。"三首诗风格不同，同出一人之手，写什么，像什么，此是中晚唐诗人的又一特点。

第一首诗写战乱，点题在末二句，前面几句却十分平淡。这也是中晚唐诗人的又一种风格，与老杜的诗很不相同。第二首写景，诗中有画。王维诗中的画属水墨画，这首诗的画却是工笔画。第三首风格与前两首又迥然不同。诗人显然没有塞外征战的生活体验，无非是用了些古代现成的典故。可见中晚唐诗人在不同的题材、不同的体裁和不同的生活中善于装扮出不同的面孔，善于模仿而无独创。

[清] 王铎《李贺诗帖》
现藏故宫博物院

刘禹锡。诗怕议论。有人说唐人诗有形象，宋人诗主说理，形象性不够。唐代的四六文好用典故，辞藻堆砌。唐诗中已开议论的先河。任何一种风格，总有它自己的继承关系。如刘禹锡的《游玄都观》："紫陌红尘拂面来，无人不道看花回。玄都观里桃千树，尽是刘郎去后栽。"《再游玄都观》："百亩庭中半是苔，桃花净尽菜花开。种桃道士归何处，前度刘郎今又来。"有人说这是刘禹锡发的牢骚语。《新唐书》本传亦有此言。钱大昕《十驾斋养新录》却不以为然。不过此诗确实有不加议论的议论，带有讽刺的意味。尤其是第二首，态度十分傲慢。

王播诗。王播《题木兰院》二首先有"饭后钟"的牢骚。得官后，志得意满，作诗自吹自擂，与上首诗异曲而同工，实则非常无

[唐] 佚名《宫乐图》
现藏台北故宫博物院

聊。其一曰："三十年前此院游，木兰花发院新修。如今再到经行处，树老无花僧白头。"其二曰："上堂已了各西东，惭愧阇黎饭后钟。三十年来尘扑面，如今始得碧纱笼。"但第一首写得颇为回肠荡气。

"唱得凉州意外声，旧人惟数米嘉荣。近来时世轻先辈，好染髭须事后生。"这是刘禹锡《与歌者米嘉荣》诗。多发牢骚，好说俏皮话，便是他的风格。赵嘏的《长安晚秋》有一联为："残星几点雁横塞，长笛一声人倚楼。"此联格调高远，但前后其他各联便难以与它媲美。全诗为："云物凄凉拂曙流，汉家宫阙动高秋。残星几点雁横塞，长笛一声人倚楼。紫艳半开篱菊静，红衣落尽渚莲愁。鲈鱼正美不归去，空戴南冠学楚囚。"这样的诗，开了陆游诗派的道路。中晚唐的七律诗有一个毛病，那就是有句无篇。中间两联很精，前面是硬加上的。陆游诗也有这个毛病。试看他的"芳草有情皆碍马，好云无处不遮楼"一联①，何等工致，但全诗就很难相侔。

温庭筠。《唐书》称他"士行尘杂"，说他好与妓女厮混。我以为此说不公允。宋代的柳永、晏殊，无不如此。《旧唐书》说温庭筠"能逐弦吹之音，为侧艳之词"，即按曲而谱词。温庭筠除词外，也有五古、五律和七律，风格亦像杜诗，冠冕堂皇，只是加工得更为细腻。

李商隐也是如此。韩愈为裴度作碑，成而后废。李商隐以此为题作诗，仿韩愈《石鼓歌》。韩愈专门作"横空盘硬语"，李商隐模仿得很像，也是个学啥像啥的。

李商隐的《无题》诗："飒飒东风细雨来，芙蓉塘外有轻雷。金蟾啮锁烧香入，玉虎牵丝汲井回。贾氏窥帘韩掾少，宓妃留枕魏王才。

---

① 芳草有情皆碍马，好云无处不遮楼：出自罗隐《绵谷回寄蔡氏昆仲》。此处应有误。

春心莫共花争发，一寸相思一寸灰。"女教授苏雪林著有《玉溪诗谜》，穿凿附会，说此诗与一个女道士有关。其实唐代女道士中有很多妓女，都以道士的身份为掩饰。女道士鱼玄机便是妓女，写有诗集。李商隐的这首诗不过就写了一个女道士（实为妓女）的日常生活以及她的心情，并无什么"谜"可言，无须故作神秘。

"刘郎已恨蓬山远，更隔蓬山一万重。"此手法并不新颖。如《西厢记》中"系春心情短柳丝长，隔花阴人远天涯近"，便是全用的李诗意境，足见并无多少神秘处。但他的《锦瑟》一诗写得确实很有特点，历来人们对此诗的解释很不统一，有的越解释越复杂，越离本意远。我觉得"锦瑟无端五十弦，一弦一柱思华年"，这两句的重点是"五十""年"，言自己的一生。"庄生晓梦迷蝴蝶"，这句的重点是"梦"，言自己的一生如梦。"望帝春心托杜鹃"，这句的重点是"心"，言自己一生的心事。"沧海月明珠有泪"，这句的重点是"泪"，言自己一生生活在泪水之中。"蓝田日暖玉生烟"，这句的重点是"暖"，言自己毕生的热情。"此情可待成追忆，只是当时已惘然"，是说早知是一场悲剧。全诗的中心是"半辈子、梦、心、泪、暖、早已知道"，如此而已。但这不能成诗，所以要加上很多附带的描写和装饰成分。但这一来就把很多人唬住了，使它成为千古诗谜。

温庭筠《题河中紫极宫》："昔年曾伴玉真游，每到仙宫即是秋。曼倩不归花落尽，满丛烟露月当楼。"诗中言秋，收获季节也，寓其会合。曼倩，以东方朔自况。所言无非是和女道士交往事。

晚唐诗人的生活有颓废的一面，但不能用道学家的眼光诋其"士行尘杂"。

晚唐诗风细腻到可以入曲，这是很大的特点。倘编选本，盛唐诗当然大部分可入流，中晚唐诗也不妨多少选一点儿。

司空图《诗品》。司空图长于古诗和律诗，绝句也不少，诗风大多像宋人。《诗品》乃文学评论，以雄浑、冲淡、秾纤、沉着……为题，用十二句抽象的比拟来形容诗的境界。境界本佛教用语，即用主观感觉看外物，其总体的效果即为境界。这样的评论，虽然嫌空，但也有成就。其中有些话可以理解，有些则不免太抽象，无法作具体的解释。杜甫《戏为六绝句》虽然开了这类文学评论方式的先河，毕竟还较为具体，司空图的评论便显得太抽象。我认为他是借此题目和手段来写诗，发表他对诗歌的理解。《诗品》实则是二十四首四言诗，故编入司空图的诗集。

为什么《诗品》出现在晚唐？原因在于当时的诗人对诗非常讲究，为此花费了不少的心思。司空图对诗不但深加思考，而且试图进行总结。虽然如此，我仍然认为，《诗品》主要应作诗歌看，不一定要作评论看。

韩愈和白居易

卷卷落地叶，随风走前轩。

呜声若有意，颠倒相追奔。

空堂黄昏暮，我坐默不言。

童子自外至，吹灯当我前。

问我我不应，馈我我不餐。

退坐西壁下，读诗尽数编。

作者非今士，相去时已千。

其言有感触，使我复凄酸。

顾谓汝童子，置书且安眠。

丈夫属有念，事业无穷年。

（韩愈《秋怀·其八》）

对中晚唐的诗歌，不应一笔抹杀之。就艺术而言，中晚唐诗有十分重要的地位。文学发展到唐代中期，诗歌出现了很精美的形式，散文则另有一番面目。这一时期的代表，当推韩愈和稍后的白居易。对他们两人的集子，应从头到尾翻一遍。

"安史之乱"后，唐帝国再度获得统一。政治虽然有极腐败的一面，藩镇割据的局面并未完全消除，朝廷的大权落于太监之手，与汉末的形势颇为相似，但就整个形势而言，矛盾毕竟缓和了许多。由于统治者的利益有一致的方面，所以这时的社会，有一个相对安定的时期，文化艺术又出现一个繁荣的景象。但这时的繁荣与盛唐的繁荣不同。李白和杜甫的文化教养是他们那个时代的产物。假定李杜的蓬勃景象，有如花的怒放，韩愈和白居易却是有秩序地、慢慢地成长。就质量言之，韩白精密、细致，李杜则不免有粗糙的地方。

在艺术水平方面，他们和李杜相比，并非后退，应该说还有所发展。他们较李杜提高了一层，更精密了，而且想走自己的路，有意识地想绕开李杜，创造一种风格。李杜并非有意识地想创新，却出了新。前人的路子既然已很宽广，韩白想独树一帜，便很困难。韩愈诗"李杜文章在，光焰万丈长。不知群儿愚，那用故谤伤。蚍蜉撼大树，可笑不自量"。可见李杜成为大宗的地位，已经定型。既然如此，韩白学习、借鉴李杜，首先得学习李杜怎样创造自己的风格，因而不能不走自己的新路。因此，我们必须研究韩白以来文学出现的新局面。

人们一说韩愈，极易想到他的"文起八代之衰"，或以"复古"来革新文章。而且认为他一定是一个板起面孔的老人，实在是古奥得很。人们一说韩愈，更容易想起他的《石鼓歌》，也认为严肃、古奥得很。其实不然。韩愈无论为诗为文，都力求口语化，反对古奥。"八代之衰"，在于骈俪，韩愈反对骈俪，便是提倡一种口语化，他的诗文正是尽力往这个方向发展。他在节奏、用调上看起来古奥，

南薰殿旧藏《至圣先贤像·韩愈》
现藏台北故宫博物院

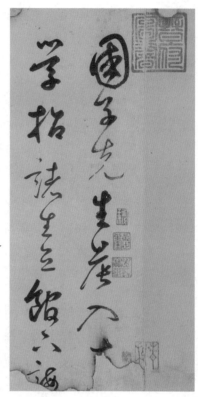

[元]鲜于枢《韩愈〈进学解〉草书卷》（局部）
现藏首都博物馆

但用词却令人明白易懂。

《秋怀》一诗，系韩愈自述，造意自然，语言浅近，这是他前后的诗人都没有的风格。

第二首通过生活中的一个小片段，写了他的志趣、感情和生活小景，语意朴实自然。

这种格局和手法，在过去是没有的；以生活小情景来表现自己的生活愿望、思想感情，在过去也是不多见的。

韩愈尊孔，以道统的继承者自居。他的《石鼓歌》开始叙述自己写《石鼓歌》才力不逮，后曰："陋儒编诗不收入，二雅褊迫无委蛇。孔子西行不到秦，掎摭星宿遗羲娥……"《石鼓歌》不但内容大胆，而且语言通俗，较孟郊、李贺明白清楚得多。

文艺作品都必须有自己的特色，而这些特色又往往是作者或作品的不足之处。后来的模拟者模拟得非常像的时候，恰恰模拟的是不足之处。孟郊、贾岛便是如此。

我认为，韩愈的诗开辟了议论的风气。在诗中用逻辑说理，宋人由此大开声势，形成了宋人诗的风格。《石鼓歌》的一段，便不是用形象，而是用逻辑来写诗，故曰"以文为诗"。我还认为，韩愈为文，用了诗的手法，便是"以诗为文"。正因如此，便形成了韩愈的风格。

在古代文学作品中，也有"边缘学科"和"仿生学"。韩愈和苏轼都是"以文为诗"，同时也是"以诗为文"。

有人作诗像词，作词像曲，为什么？我想，文如讲演，目的是说服人。诗是用艺术的语言提供形象，让人去感受和思考。故诗好比交响乐，或《高山流水》。词在当时是小唱，如现在的流行小曲。曲子则是代言，如剧中人物塑造形象，表达感情。有人作诗轻俏，便像词；作词太宽活，则如曲。有人用此话绳姜白石。我不过借用这句话来说明韩愈是"以文为诗"，即以文的手法来写诗。

白居易。白氏较韩愈晚，这时唐的腐败更表面化，故诗中所反映的社会矛盾较韩愈尖锐得多。他提出"文章合为时而著，歌诗合为事而作"，应当给予肯定。就白居易诗的分类看，有讽喻诗、闲适诗……讽喻诗包括《新乐府》《秦中吟》等。白居易为什么要公开称这些诗为讽喻诗？当时的皇帝声称纳谏，白氏据此从之，称"称旨"，手法全都一律。称"讽喻诗"是煞费苦心，表明是奉谕作诗，并非诽谤诗。杜甫"三吏""三别"是批判诗、揭露诗，仅用标题，并不打上"讽喻诗"的标签。

杜甫和白居易所处的地位、时代不同。杜在逃难中无官职，直到抵达灵武，才挂了个小官的头衔，后来为检校工部员外郎。"检校"意即"候补"，尚未正式。"员外"即为定额之外的郎官。郎官是中级官员，但属员外，"置同正员"，即待遇和正员一样。白居易却不然。他贬官一次后，竟做过少傅，是统治者上层成员。所以，他岂敢动辄乱写诗，故首先挂出"讽喻"的牌子。这些诗都应该承认其价值。

政治越腐败，讽喻诗越多，皇帝便愈加施以压力。加之白居易政治失意，故弃讽喻而趋闲适。现在文学史将白居易一截为二，认为凡讽喻诗均有积极的意义，闲适诗一定是消极的。其实讽喻诗中有很多是"犹抱琵琶半遮面"，躲躲闪闪，时时显其媚态，不如"三吏""三别"痛快淋漓。闲适诗中也有值得肯定的，其中也颇有表现现实的内容。所以，从讽喻诗可看出白居易的软弱面，从闲适诗可看出唐朝政治上的衰落面。白居易关于作诗文的宣言是很不错的，但他自己却无法完全照此办理。

唐诗人中敢于指斥政治的无非杜白二人，但白居易远不及杜甫。杜甫面向生活，忠于现实，白居易写诗却必须留有余地。杜诗有艺术安排，没有措辞的安排。白居易的诗却做文字功夫。白诗变化不如杜甫，很费经营、考虑，往往一结见意。白居易与元稹比较，也很有趣。元白是好友，二人风格为"长庆体"，其作品集为《长庆集》。二人时常长篇大论，互相唱酬，互相次韵（按韵次唱和），争奇斗胜。

[明] 仇英《浔阳送别图》
现藏美国纳尔逊－阿特金斯艺术博物馆

白元诗集都该看看。尤其二人的次韵唱和诗，可见白居易的诗来得全不费力，成就大得多。

如白居易的《勤政楼西老柳》："半朽临风树，多情立马人。开元一株柳，长庆二年春。"《华州西》："每逢人静惰多歇，不计程行困即眠。上得篮舆未能去，春风敷水店门前。"前首四句，谁也不挨谁，仅是并列的四种景色，但组在一起就兴味无穷。后首"上得篮舆未能去"，不等于白说吗？但把那踟蹰的心态表现得淋漓尽致，这都可视为最高境界的诗。

白居易较韩愈作诗文更重口语化。能不用典，便尽量不用典，这在作诗中极不容易。他只在迫不得已时才用，用则极有概括力。王国维①称《长恨歌》仅用一典。清吴伟业专学元白长庆体，结果通篇都是典故。白居易用自己的语言写诗，这是很难做到的。白居易的这一特点在他是举重若轻。现在有人称老舍是语言大师，我认为不恰当。他专门找北京土话说，局限了传播范围。白居易既是书面语，又是为大众所了解的口语，这是他的成功之处。

---

① 王国维：近代学者。字静安，一字伯隅，号观堂，浙江海宁人。清秀才，辛亥革命后以遗老自居。著有《人间词话》等。

白居易作诗用大众所了解的口语，"求解于老妪"，见于《南部新书》。此说不可靠，并带有讽刺白居易的意味。但作诗令老妪都懂，也是他的成功之处。我认为白居易在处理一些困难问题的时候，是极有办法的。他偶然也有一些毛病，如将人名去掉末字，以求押韵，未免削足适履。

韩愈与古文。我认为"古文运动"的提法太过分。"运动"者，有主张，有纲领，有计划，有行动，以之称韩愈所倡古文，未免失实。"惟古于词必己出，降而不能乃剽贼。后皆指前公相袭，从汉迄今用一律。"（《南阳樊绍述①墓志铭》）此话对也不对。用以恭维樊宗师，尤其不妥。对樊宗师的评价见前，这里不再啰唆。总之，绝对的"词必己出"，是做不到的。"从汉迄今用一律"，针对唐代专事模仿六朝骈体文的现象，却是十分正确的。

人曰韩愈复古，其实并非如此。他所用的，不过是和生活十分接近的语言罢了。用这种语言表现具体的生活现实，则更感人，也更成功，如《祭十二郎文》。

韩愈之文，破了骈四俪六的旧套子，采用了一种为人所理解的书面语言以表现自己的思想、情感和社会现实。唐代墓志铭盛行，从现在出土的唐代材料中，经常可以发现互相抄袭的铭文。即使是韩愈，他为大官作的墓志铭，也写得毫无生意。

韩愈为文，并不着意于对偶。但在行文之中，却往往出现偶句，十分自然。

韩愈之文，也好用口语。《汉书·外戚传》写汉成帝突然死去，朝官审判妃子，其口供全部录入，便是当时的口语，读起来很困难。

---

① 樊绍述：樊宗师，唐散文家。字绍述，南阳（今属河南）人，一作河中（今属山西）人。官至谏议大夫。韩愈古文运动的参与者，为文喜生僻，流于艰涩，号"涩体"。

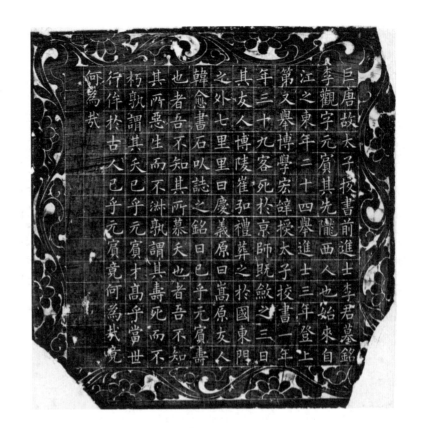

［唐］韩愈（传）
《故太子校书前进士李观墓志铭》墨拓本
现藏台北故宫博物院

梁人任昉《弹刘整文》①，记录了审问刘整婢女的口供，用的是南朝的口语，尤其难懂。北周宇文护，寄其母一书信，全用口语，收入《北周书》，理解也很困难。韩愈《进学解》中称"周诰殷盘，佶屈聱牙"的那一部分，也是口语。

所以，韩愈的"古文运动"并非真正提倡用古文写作，而是采

---

① 《弹刘整文》：《奏弹刘整》，收入《昭明文选》。这是一篇弹章，类似后世的检举信。内容是中军参军刘整与寡嫂因产业吵闹，刘整之嫂提起诉讼。文中引入了刘整之嫂与有关人员的状词，用当时口语写成。

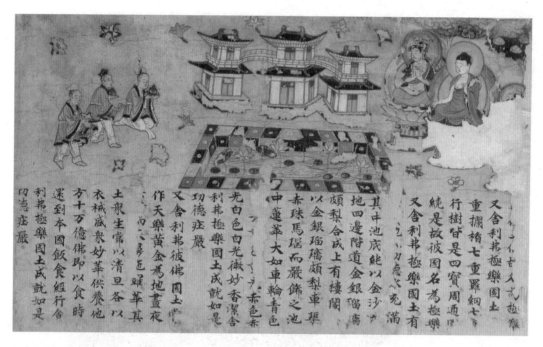

[晚唐·五代]《佛说阿弥陀经》变相图
现藏浙江省博物馆

用较为标准的书面语言进行写作的，其中也偶尔用了一些当时的口语。

唐传奇也是用标准的书面语言写故事的。传奇是纪传的小说化，是《战国策》《史记》的延续和发展。这正是韩愈、柳宗元所追求的路子。有人把传奇和古文运动结合起来谈，是有道理的。

继承了传奇特点的是《聊斋志异》。晚明小品如张岱的文章很不错，但一般口语比较多。桐城派方苞、姚鼐以及后来的阳湖派张惠言、恽敬等，章太炎称其好处在"文从字顺"。桐城派学韩柳，即"唐宋八大家"（"唐宋八大家"是明朝人封的）。民初文风突破了古文的格局，有"新民丛报体"，由梁启超等人所提倡。后来五四运动振聋发聩，新文化运动从此开始。

阳湖派与桐城派小有不同，其文章大多经世致用，多有关政治、经济等方面的内容。这些文章不大空谈道理，此是阳湖派的特点，也是他们对韩柳文风的发展。这种文体之所以能够绵延日久，与中国封建社会历史的悠久漫长有密切的关系。

再谈谈口语和书面语的问题。我们现今所说的口语，已经是书面化了的口语，否则便不会具有普遍性，无法作为交流的思想工具。"言之不文，行而不远"，此话多年来为人所误解。这里所说的"文"，也包括条理、语言的规范化等。

古音：	之	乎	者	也
古音读：	de	m a	de、zhe	ya
	的	嘛、吗	的、这	呀
				邪、耶（古字）

从上表可以看出，古代的语言符号变了，语音却没有改变。现在的口语和古代的语言，关系是很密切的。

所以，唐代的古文运动，不如说是唐代的书面语运动。

唐代有没有用大量的口语来写作的文章呢？有，虽然并不纯粹。请看《敦煌变文集》和郑振铎《中国俗文学史》、向达《唐代长安与西域文明》中的《唐代俗讲考》。即使其中有俗语，也是俗化了的书面语言。这个问题，下次再讲。

同是写新乐府诗，同是运用书面化了的口语，元稹的诗尚混沌如小米粥，白居易的诗却纯净如蒸馏水。如此泾渭分明，很大程度上与两人在语言的运用和改造方面的功力有关。

杜甫诗也有极粗糙的，比较起来，韩愈的诗就干净整齐得多。杜甫的《八哀诗》名气很大，其实并不怎么样，可以去看一看。

明
清
诗
选
讲

吕留良像

　　明初人作诗沿袭元人的风格。《元诗选》收录元朝主要的诗作，但不如《全唐诗》全面。清人有《宋诗钞》，吕留良因文字下狱，故合作者不敢再编下去，书也不敢署吕留良的名字，但书编得还好。顾嗣立编《元诗选》，也很好。

　　元诗走的是复古的路，未可厚非。宋人感到唐人作诗，已经穷尽其理，自己根本无法续貂。于是他们写诗，多从写景、议论入手，声调与美感，都不及唐。几个宋大家无不如此。元诗是真正模拟唐人，但也有学不像的。明初的诗，离不开这个调调，刘基、宋濂、袁凯①诸人都是如此。"前后七子②"文学秦汉，诗学盛唐，连中晚唐都不要。而元人所学的，正是中晚唐诗。所以，"前后七子"是想摆脱元人和明初人的套子。不料他们非但没有摆脱，反而落入了俗套。"七子"

①　袁凯：明初诗人。字景文，号海叟，华亭（今上海松江）人。明太祖时任监察御史，为避祸装疯归乡。有《白燕诗》闻名于世，人称"袁白燕"。

②　前后七子：明代文学流派。包括"前七子""后七子"共14人。标榜复古，提出"文必秦汉，诗必盛唐"的口号，以矫正台阁体余风。

中也有好的，他们模拟盛唐人的声调、派头都做到了家，如李于鳞、何大复。何大复（景明）的长篇七言歌行《明月篇》就是模仿初唐的王杨卢骆体的，可以说是模仿得极像，看起来就像是真的古董。唐初都市生活刚繁荣起来，王杨卢骆写都市生活兴盛繁荣，充满了新鲜感，所以有这样内容和风格的诗篇出现。到了何景明的时代，已经时过境迁，故其所模仿的诗篇只是形式相像而已，内容却很单薄。

公安、竟陵后，诗坛上出现了一股怪风，黄道周①可为典型。他的诗十分古怪，堆砌词句，追求古奥。明诗来回反复，学唐不成，最终弄成假古董。在这当中，钱谦益算是一个在文学上有作为的人。

齐燕铭同志曾谈及政治动乱中，酝酿着各种文学流派和思潮。当社会安定下来，文学便会出现一个复兴时期。明代社会的状况是内外交困，动荡不安，理学有王阳明，文学更有各种流派。这种状况发展到钱谦益，产生了一定的效果。

过去的作者有三种武器，一是辞藻。如茶碗边缘的装饰，附带着许多的典故。典故是压缩了的概念。"五四"以来反对用典故，其实反对者自己也用典故。有些比喻，本身就是用典。典不可不用，当然不能堆砌或滥用。钱谦益掌握的词汇、典故就很多。二是模式。《全唐诗》本来是钱谦益的初稿，入清后有人继承而最终完成了这项工作。正因为钱谦益有这样的经历，可供他学习的模式也就特别多。三是经历。钱谦益是后起的东林党魁，几次下狱，后做了礼部侍郎，投降了清人。投降后，他一方面偷通南明，另一方面作诗文骂清人。被发现后，乾隆极为恨他，于是对拥护钱谦益的人如沈德潜等予以

---

① 黄道周：明末大臣、学者。字幼平（一作玄），号石斋，漳浦（今属福建）人。天启进士，授庶吉士。南明时官至武英殿大学士，积极抗清，被俘殉国。徐霞客誉其"字画为馆阁第一，文章为国朝第一，人品为海宇第一"。有《黄漳浦集》。

[明] 周臣《闲看儿童捉柳花句意》
现藏台北故宫博物院

严惩，连他的祠堂也给拆了。钱谦益的书也被列为禁书。但他的影响太大，门徒甚多，禁绝不了。"前后七子"仿唐无所成就，钱谦益却轻易地做到了。可见他在上述三个方面的功夫和阅历都很深，并非只是才大。后来有人为他鸣冤叫屈，说他不是汉奸。近代有钱姓者修家谱，极力为他辩白。这样的努力终究枉然，钱谦益的汉奸之名，恐怕是摆脱不了的。钱的生活很糟糕，却自命风雅。但他文学上的成就的确未可小视。他的古体诗音调铿锵，其《西湖杂感》二十首骂清人十分厉害，颇有沧桑之感。但其无聊之作也很多，如大作其"雁字诗"，屡屡变换花样，很不可取。

吴伟业（梅村）与他同时，是一个了不得的怪杰，但也是一个投降派。他本来是明朝的探花，也做过官。后来清兵入关，投降清人的大官僚陈之遴做了大学士。当时兵权在满人手中，行政权在汉人手中。陈之遴推荐吴伟业当了国子监祭酒。陈之遴倒台，流放东北，吴伟业也随之下台。他为当时遗民所骂，临终前写诗为自己辩护，称自己是被强迫而不得已才做官的。

吴伟业像

康熙皇帝喜欢吴伟业的诗，还为之题了诗，诗的调子即模仿吴伟业。所以当钱谦益被禁止的时候，吴伟业却很有市场。他的诗模仿元稹、白居易，人称元白"长庆体"。其内容多记晚明时事，在艺术上颇像鼓子词。其文专写才子佳人，令人不忍卒读。吴伟业诗虽然用了鼓子词的路数，却有动人的内容，典雅的面貌。清人凡作古体，无有不受吴氏影响者。王士禛①竭力避免落入吴氏的套子。他的《燃灯记闻》（何士基记述）称吴氏才大本领高，就是不雅。我想他是针对鼓子词调来说的。其实吴梅村的缺点不在于不雅，而在

① 王士禛：清代文学家。字子真，号阮亭、渔洋山人，新城（今山东桓台）人。顺治进士，官至刑部尚书。主盟康熙文坛数十年。

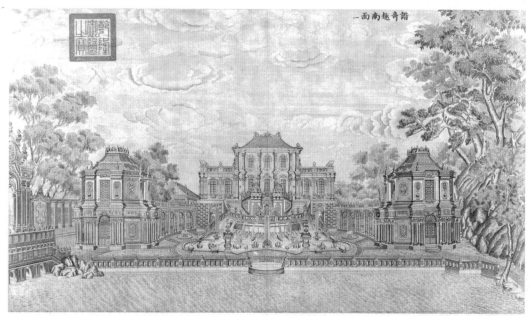

[清] 郎世宁等《圆明园铜版画》纸本（局部）
现藏故宫博物院

于还不够彻底。他的用词正是显得太雅，"皮儿太厚"，因而不好懂。

清末民初的王闿运（湖南湘潭人）也是一个怪杰，手笔极快。他好模仿骈文，也作古体散文。他有一篇《湘军志》，骂曾国藩，颇有《汉书》的风格。曾国藩九弟曾国荃读后大怒，经人说情，毁版了事。王氏五言诗极似六朝，故有人开玩笑，说他生错了时代。他的七言古诗却类似吴梅村，其《圆明园词》凭吊圆明园，模仿的就是《永和宫词》。

他自认为这首词比吴梅村的雅一些，殊不知这正是他比吴梅村差的地方。吴氏的《吴诗集览》注释很精很细，典故多，注释繁。他用典的目的，恐怕是想以晦涩躲过当局的眼睛。袁枚说《长恨歌》只有一个典故，而吴梅村的诗离开了典故就无法去作。这正是他学"长庆体"而不如"长庆体"的地方。

吴梅村的《圆圆曲》把吴三桂骂得很厉害。他认为自己在清朝做官是不得已，而吴三桂却是开关迎敌，两人的思想是不一样的。实际上是借他人的酒杯，浇自己胸中的块垒。他还有一些骂清朝的诗，十分隐晦，康熙居然没有看出来。他的《临淮老妓行》写的是刘泽清①的反反复复。明代的崇祯皇帝在十多年时间里，换了四十多个宰相。其中有一个叫吴昌时的，与宰相周廷儒共谋政事，后一起遭廷审，被杀。吴梅村为此作了《鸳湖曲》："鸳鸯湖畔草粘天，二月春深好放船。柳叶乱飘千尺雨，桃花斜带一溪烟……"通过写自己与吴昌时的交情，反映明朝政局的衰落腐败。他的《永和宫词》写田贵

---

① 刘泽清：明清之际将领。字鹤洲，曹县（今山东菏泽）人。崇祯时官至左都督，解李自成开封之围时，拔营遁逃，大肆焚掠。南明时参与拥立弘光帝，驻淮安，封东平伯，为四镇之一。清军南下时投降，后谋反，被杀。

[清] 袁耀《山水四条屏 · 扬州四景》
"春台明月 · 平流涌瀑 · 万松叠翠 · 平冈艳雪"
现藏故宫博物院

妃 ①，《琵琶行》写几个名妓，无不贯注了他对明朝亡国的感慨。

　　吴梅村有些无题诗写得十分漂亮，辞藻美，似西昆。他的《扬州词》（见《吴诗集览》，靳荣藩注）"叠鼓鸣箛发棹讴，榜人 ② 高唱广陵秋……"暗写清兵屠扬州，乃至清代注家不敢为之作注，只能称其"怀扬州梦也"。康熙也居然受了骗。为了避开文字狱，他不能不多用典故，有时候用古人的名字暗指当时人，的确是花费了许多的苦心。钱谦益则不同，如他写《西湖》，其刺清伤时思想十分露骨，所以没有能躲过清政府的禁令。

　　吴梅村的律调对后人影响很大。后人作律诗，很难脱卸其套路的影响。

　　总之，钱、吴二家几乎垄断了清初诗坛，其作品是不能不看的。

　　王渔洋 ③ 曾官至刑部尚书，钱谦益赠给王渔洋的一首五言诗对他加以吹捧，所以王渔洋后来也吹捧钱氏。王氏的诗符合清政府的口味，原因是表面漂亮，不痛不痒，感情却是现成的，按套套写就是。他用的都是古董，专好模拟。如听琵琶，用《琵琶行》；写登览，用高适，多写山川景致。后人发现，他每走一处，专看当地的地方志，摘出其中的典故、古迹，用作写诗的材料。即使古迹已毁，也要装模作样，写诗凭吊一番。他的诗好用典，辞藻也现成，就是不写与清人有关的话题。用他的办法去作试帖诗，应酬场面，很是有用，所以在清朝极有市场。他的诗也有用曲子调的，如《秦淮杂诗》，全是绝句，其中连《牡丹亭》都抄来了。

---

① 　田贵妃：指明崇祯帝贵妃田氏，扬州人，纤妍多才艺，入宫有盛宠，其娘家亦恃宠横行。死于崇祯十五年。其坟园在明亡后葬入崇祯帝，称思陵。

② 　榜人：船夫。

③ 　王渔洋：王士禛。

王渔洋选《唐贤三昧集》，提倡神韵。严羽说"羚羊挂角，无迹可求"；无迹可寻，不着边际，达到所谓空灵境界，这便是王氏所求的神韵。他的《秋柳》有人认为是凭吊明代的，后经"审查"，并无痕迹。可见他作诗力求不着边际。但他的《秦淮杂诗》却因为搬用了地方志，竟然捅了大娄子。

王渔洋诗中有名的是律诗和绝句，模仿前人，算是到了家。他的诗不伤今，不恸古，不干犯时忌，所以得以留存。

王渔洋也论诗，有《渔洋诗话》。他选唐诗不选李杜，也不提元白。因为他模仿这几个人不可能比吴伟业模仿得更好。他也不模仿苏轼与黄庭坚。对黄，他瞧不起；对苏，他不敢去模仿，这是钱谦益之所长。不得已，他只敢去模仿王维等次一流的诗人。他的诗可以说是"柔化"了的明"七子"。赵执信的《谈龙录》说朱彝尊[1]的诗贪多，王士禛的诗重修饰，像李攀龙。他对此评价很生气。有人说王渔洋才弱，只敢写清淡的，不敢碰浓厚的。他的好处是毕竟柔化了李何（李梦阳、何景明）[2]的斧凿痕迹，这是应该给予肯定的。

我过去很喜欢王渔洋的诗，后来才发现他的诗其实很无聊。

王渔洋也选诗。在《渔洋菁华录》中，他的诗是他自己选的。他选其他人的诗，把钱谦益放在第一位，这还说得过去；把程嘉燧[3]放在第二位，就不免荒唐。程嘉燧作诗，与"七子"同调。王渔洋从未见过程嘉燧；程死时，王的年龄尚小。王渔洋学的是程，不敢

---

① 朱彝尊：清代文学家、学者。字锡鬯，号竹垞、金风亭长、小长芦钓鱼师，秀水（今浙江嘉兴）人。康熙时举博学宏词科，授翰林院检讨，与修《明史》，后罢归。精经史考据，擅诗词古文，为浙西诗派开山祖师，诗与王士禛齐名，称"南朱北王"。

② 李何：为明代文学流派"前七子"的代表人物。

③ 程嘉燧：明代诗人、画家。字孟阳，号松圆、偈庵，休宁（今属安徽）人。工诗，所作清丽温婉。精音律，擅山水。

学钱。他自己就套用程嘉燧作诗的路子。这就是王把程放在第二位的原因。但这个选本仍然有价值。清初人的集子后来很难见到，这个本子正好收集了一些明末清初人的诗。

《静志居诗话》。朱彝尊辑《明诗综》，基本上是从《列朝诗集》来。朱彝尊在每个人的诗后，均附有评论，称《静志居诗话》。康熙曾想用朱氏顶替钱氏，以削弱钱氏的影响。但最终未能顶了，钱毕竟比他强得多，于是只好对钱施以痛骂加高压的手段。

《列朝诗集》对诗人有评论，可与《静志居诗话》相参看。

圆圆曲

[清] 吴伟业

鼎湖当日弃人间，破敌收京下玉关。

恸哭六军俱缟素，冲冠一怒为红颜。

红颜流落非吾恋，逆贼天亡自荒宴。

电扫黄巾定黑山，哭罢君亲再相见。

相见初经田窦家，侯门歌舞出如花。

许将戚里箜篌伎，等取将军油壁车。

家本姑苏浣花里，圆圆小字娇罗绮。

梦向夫差苑里游，宫娥拥入君王起。

前身合是采莲人，门前一片横塘水。

横塘双桨去如飞，何处豪家强载归。

此际岂知非薄命，此时唯有泪沾衣。

薰天意气连宫掖，明眸皓齿无人惜。

夺归永巷闭良家，教就新声倾坐客。

坐客飞觞红日暮，一曲哀弦向谁诉？

白皙通侯最少年，拣取花枝屡回顾。

早携娇鸟出樊笼，待得银河几时渡？

恨杀军书抵死催，苦留后约将人误。

相约恩深相见难，一朝蚁贼满长安。

可怜思妇楼头柳，认作天边粉絮看。

遍索绿珠围内第，强呼绛树出雕阑。

若非壮士全师胜，争得蛾眉匹马还？

蛾眉马上传呼进，云鬟不整惊魂定。

蜡炬迎来在战场，啼妆满面残红印。

专征箫鼓向秦川，金牛道上车千乘。

斜谷云深起画楼，散关月落开妆镜。

传来消息满江乡，乌桕红经十度霜。

教曲伎师怜尚在，浣纱女伴忆同行。

旧巢共是衔泥燕，飞上枝头变凤凰。

长向尊前悲老大，有人夫婿擅侯王。

当时只受声名累，贵戚名豪竞延致。

一斛明珠万斛愁，关山漂泊腰肢细。

错怨狂风飐落花，无边春色来天地。

尝闻倾国与倾城，翻使周郎受重名。

妻子岂应关大计，英雄无奈是多情。

全家白骨成灰土，一代红妆照汗青。

君不见，馆娃初起鸳鸯宿，越女如花看不足。

香径尘生乌自啼，屧廊人去苔空绿。

换羽移宫万里愁，珠歌翠舞古梁州。

为君别唱吴宫曲，汉水东南日夜流！

创造性的新诗

一、引言

唐诗、宋词、元曲、明传奇，在韵文方面，久已具有公认的评价，成为它们各自时代的一"绝"。有人谈起清代有哪一种作品可以和以上四种杰出的文艺媲美，我的回答是"子弟书"。

子弟书是一种说唱文学形式，篇幅可长可短。各短篇连起来，又成为"成本大套"的巨著。它很像南方的评弹，在敷陈演说历史故事方面，又与《廿一史弹词》那一类作品相似。但子弟书又有它自己的特点，比评弹简洁细腻，比《廿一史弹词》又句式灵活而不失古典诗歌的传统特色。

子弟书的版本，在清代多是民间抄本。清末的"百本张""聚卷堂"等抄本流行最多。偶然有些刻本，比重几乎只是抄本的几万分之一。清末、民国初年有了石印、排印的出版物，所以一些"唱本""大

[清] 金昆 程志道 福隆安等《冰嬉图》
现藏故宫博物院

鼓书词"等，又多粗制滥造，乱加作者姓名。由于出版者不在行，弄错了曲艺品种，妄标调名等现象，不一而足。这些毛病，当然不只出现在子弟书作品上，而若干子弟书好作品被混在这些杂乱唱本中，也蒙受了许多不白之冤。

郑振铎先生早年编印《世界文库》，后边有《东调选》《西调选》两部分，传播了许多好作品。但有些失去作者姓名的作品，却被题上姓名，可能是沿自坊本之误。像《西调选》中大多数题罗松窗，即是一例。但子弟书在出版物上首次列于世界名作之林，不能不归功于郑先生。

二、来源

我们伟大的中华国土上，自古以来，各兄弟民族一直是互相学习、互相影响的。各民族的文化不断交流，不断融合，又一直在不断融合的过程中，吸收多方面的新血液，形成了永不凝固的中华民族文化。

八旗兵丁
——《冰嬉图》

东北地区，由周到今，肃慎、勃海①、女真、满洲、东三省中，各兄弟民族世代融合，互相吸取，出现过若干文化上的奇花异草。而这些文化遗产无论是用汉文写的，还是用少数民族文字写的，随时随处，无不显现出各民族相互影响的痕迹，子弟书即是这样的产物之一。它的发源以及提高，都与清代山海关内外的旗下子弟密切相关。

所谓子弟，广义的是对"父老"而言的，如说"子弟兵"；狭义的，在曲艺方面，是相对职业艺人而言，类似后来北方所称的"票友"，南方所说的"客串"。而职业艺人，则称为"老合"。

子弟当然比职业艺人有文化，但学的程度不深，而陷进框子也不深。那些半文半白的语言，无可多用的典故，正帮助了作品形成一种通俗而又新鲜的风格。

子弟书最早的作品不可考，可见到的刻本都刊行于清代中晚期。但这并不等于清代前期一定没有这种文学形式，正像儒家古经典到了汉初才"著于竹帛"，我们不能说古经典出现于汉初一样。

三、形式和题材

子弟书的形式，基本上以七言诗句为基调。每句中常常衬垫一些字数不等的短句，比起元人散曲，在手法灵活上有相同之处，而子弟书却没有曲牌的限制。元散曲句式灵活而不离开它的曲牌，子

---

① 勃海：应为渤海。唐代时期由靺鞨粟末部为主体，结合靺鞨诸部所建的少数民族政权。武周圣历元年（698），粟末靺鞨首领大祚荣自称震国王，唐玄宗时封其为渤海郡王，加授忽汗州都督，遂以渤海为号。其制度、文化深受唐文化影响，使用汉文，有"海东盛国"之誉。其疆域"南比新罗，以泥河为境，东穷海，西契丹……地方五千里"。亡于契丹。

弟书句式灵活而不离开七言句的基调。

它不分章节，起首处先用八句七言律诗，有"引子"的性质，很像"快书"前八句的"诗篇"，但没有"诗篇"的名称。以后接写下去，每四句或八句在语气上作一小收束，百句左右为一回，是一次大收束。每回也没有回目小标题，只标"第几回"就完了。一本书自一回至几回，也没有一定的限制，回与回之间情节可分可联，非常方便。它的内容，大抵取材于著名小说的为多，也有历史故事、民间传说。佳人才子、儿女情长的固然占绝大数量，而慷慨动人的英雄故事也并不少。以讽刺世态炎凉为题材的也有一些，且有"入木三分"的佳作。至于黄色淫秽的，也曾秘密地授受流传，但收藏家不便登于目录，本不值得一提。这是市民文学的通病，亦不足怪。知此，也可有助于了解子弟书的文学属性。有一特点值得注意：子弟书中绝对没有"如油入面"的混合物，黄色作品都独自为书。明清小说中《金瓶梅》不待言，即《红楼梦》中也不免混入泥沙，子弟书却是"弊绝风清"，这大约与登场演唱有关吧。

四、唱法

艺术不能逃乎时代，文辞接受"目染"，曲调接受"耳濡"。"小口大鼓"后称"京韵大鼓"，早期的民间腔调，到了刘宝全一变。他融入了皮黄的韵味，以及一些戏剧中的"发头卖相"，于是成了一派。到了现代，有些演员不知有意或无意地吸收了花腔女高音的唱法，又是一变了。

我在十岁以前，所见"杂耍"场面上已经没有子弟书的位置了，只有家里常来的两位老盲艺人能唱。这种盲艺人，称为"门先儿"，即是做门客的先生。当时对盲人统称"先生"，说快了成为"先儿"。这些门先儿常在书房、客厅中陪着宾主坐着，有时参加谈天，有时自弹自唱。他们多能喝酒，会说笑话，会哄着小孩用骨牌"顶牛儿"，可以说是一些"盲清客"。每当他们拿起乐器来唱，我听到如果是唱子弟书，立即跑开玩去，可见这种唱法的沉闷程度。在我幼年时，北京能唱子弟书的老艺人，只剩下两位，现在这种曲调在北京绝响已经六十余年了，又没有谱子传下来，只能凭我的记忆回味它的大概。

可以说，当时有几个曲调品种接近子弟书；也可以说，它们是属于这一大类的。如"硬书""赞儿"等。石玉昆唱硬书出名，自成一派，于是硬书又分出"石玉昆"一调。这都和子弟书是"一家眷属"，也即是唱腔基调属于同类。多举几个相近的线索，可以帮助寻找一些"线头"，提供一些联想，这也是极不得已的办法。

子弟书唱起来每一字都很缓慢，即使懂得听的人，有时也找不准一个腔中的每一个字。我亲眼看见我先祖手执曲词本子在那里听唱，很像听昆曲的人拿着曲本听唱一样。我听昆曲，就拿着曲本，由于唱腔迂曲转折，时常听的腔对不上看的字。到了听硬书、赞儿等，觉字句之间，毕竟比子弟书紧凑。拖长腔、使转折的地方，并不随处都是，所以那时我还比较能够接受，这恐怕也是子弟书"《广陵散》绝矣"的因素之一。

因此悟得，皮黄腔、女高音，一再地变了小口大鼓，才使得小口大鼓得以存在。又悟得子弟书在今天竟和宋词、元曲同成案头文学，同为"绝调"，却又同成"绝响"的道理了。

子弟书有"东调""西调"之分，又称"东韵""西韵"。所谓东、西，乃指北京东城、西城，其间并无绝大差异，只是东调略低沉，西调略婉转而已，所以东调多唱英雄慷慨故事，西调多唱儿女缠绵故事

[清] 郎世宁《玛瑺斫阵图》（局部）
现藏台北故宫博物院

（其间也有互相交叉的）。东调伴奏多用三弦，西调有时或用琵琶。

在清代这些曲艺中还有"清音大鼓"一种。所谓清音，乃有别于民间的"大口大鼓""小口大鼓"以及"西河大鼓"等。清音又有"南板""北板"之分。所谓南、北，乃指北京南城、北城而言。南板至近代又称"梅花调"。南板腔调多婉转，北板腔调较简单而多重复。

或问何以西城、南城多婉转繁音，而东城、北城多较简洁，据我个人猜想，当时西城砖塔胡同一带多曲班妓馆，南城有八大胡同更不待言。所以西调、南板多繁音缛节，是不难理解的。笔者幼年这两种子弟书都不喜欢，遇到唱东韵即跑开不听，遇到唱西韵有时

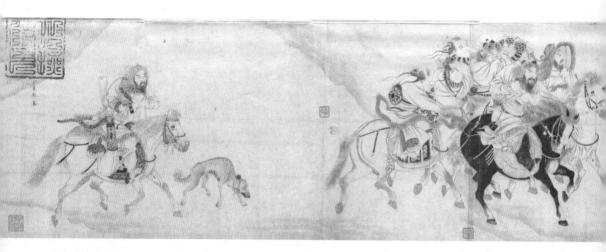

[金]宫素然《昭君出塞图》
现藏日本大阪市立美术馆

大笑，说像咩咩的羊叫。虽然常遭大人哂笑或申斥，却也反映了子弟书唱法给人的直觉印象。

清末有一位文人名果勒敏，译音无定字，又作果尔敏。他字杏岑，旗下人，闻曾官遵化州马兰镇总兵。会作诗，有《洗俗斋诗集》。他对于子弟书的腔调有许多创造，教了几个盲艺人，我幼年所听那两位门先儿所唱的，已是果杏岑的再传。可以肯定，他的创造无疑是向"雅"的方向去改的，事实证明极不成功，所以不到三传，就连整个的子弟都"全军覆没"了。

五、平仄、用韵和句法基调

子弟书和元代北曲一样，平仄是按北方音来读的，特别是"入

派三声"，也有些字是故意用方音去读、去押，那是个别的例外。
后边所录曲词中，入作平声的字加（）号标出，作上去的不标。

　　韵脚是"十三辙"，只有一些较诙谐的作品，才用"小人辰""小
言前"等儿化的"小辙"，一般庄重的作品多不用小辙。

　　元曲是曲子的格式，所以三声通押；子弟书因是七言基调，所
以一回中一韵到底，都是平声韵。如果换韵，只有待到另一回。

　　所谓基调，是指子弟书的基本句型和调式。它们主要是用七言
律诗句子，再用些其他字数的碎句作衬垫，这在下文还要详谈。现
在先举一个起笔处来看：

　　《出塞》一篇，是写昭君的故事，首先八句律诗，直用杜甫的《咏
怀古迹》一组诗中咏明妃的一首。诗是：

群山万壑赴荆门，生长明妃尚有村。

一去紫台连朔漠，独留青冢向黄昏。

画图省识春风面，环佩空归月夜魂。

千载琵琶作胡语，分明怨恨曲中论。

相传一个故事，有人见黄鹤楼上有崔颢题的诗，不敢再去题诗，因写一诗说：

一拳捶碎黄鹤楼，一脚踢翻鹦鹉洲。

眼前好景道不得，崔颢题诗在上头。

足见文人对前辈名家的态度，可以说尊敬，也可以说迷信。以一般的对联来说，一句如用古人成句，另一句也必要配古人成句。倘若用自己的句子去配古句，一定要被人耻笑。在杜诗之后，紧接自己续作的句子，这在修养深的正统文人，恐怕谁也不敢。而这篇《出塞》子弟书的作者，旧题为"罗松窗"的人，却毫无顾虑，放胆高歌地接着写道：

伤心千古断肠文，最是明妃出雁门。

南国佳人飘雉尾，北番戎服嫁昭君。

岂不正是因为修养不深，也就是较少地受框子的限制，才能有这样的胆力吗？其实杜甫作诗时也未必像解诗的人想得那么多。曹丕"受禅"后说"舜禹之事，我知之矣"，真是最坦白的至理名言，只苦了那些战战兢兢的文人。子弟书的成就，恰在于胆，也恰在于浅。

从这里看到它们的句法基调，扩而大之，也可以理解它们的艺术风格的基调。下面以《忆真妃》为例，看这种文艺作品"一回书"的全貌。

六、刻本《忆真妃》

前边已经说过，子弟书的刻本极少。"十年浩劫"前，我从老友韩济和先生处借阅过一个刻本子弟书，抄下了一个副本。"浩劫"中这本书已和韩先生所藏的大量曲艺册子（艺人称曲本为册子）同付劫灰，于是我的这个副本，真不亚于"影宋善本"了。

此书刻本序文是写刻行书体，书口上端一"序"字，下端"会文山房"四字。序文半页八行，行十五字。本文宋体字，半页四行，行二句，书口上书"忆真妃"，下书"会文山房"。眉批每行四字，正文行间附刻圈点。

子弟书的句式行款，无论是抄本、刻本，都是每行两句，每句占七格，两句之间留出空隙。每句字数不少于七字，不超过十四字。每七格中如安排多于七字的句子，就用夹行和单行并用的办法来处理。八字句如：

孤

灯

儿照我人单影

雨

夜

儿同谁话五更

［清］顾见龙
《贵妃出浴图》
现藏美国克利夫兰艺术博物馆

（按：这类曲词中，除儿化小辙处的儿字外，都作一个音节或补垫的半个音节读。）

十字句如：

再不能

太液池

观莲并蒂

再不能

沉香亭

谱调清平

十一字句如：

莫不是弓鞋儿懒

踏三更月

莫不是衫袖儿难

禁五夜风

十三字句如：

眼睁睁既不能救

你又不能替你

悲恻恻将何以酬

卿又何以对卿

举这一些，可概其余。后边附录全文，就只能单行横写了。

这本《忆真妃》未写刊刻年月。前有隆文序，首称"乙未夏"，是道光十五年。刻本也不会迟得过多。老友吴晓铃先生也惠示一份刻本，计曲本三种：一是《蝴蝶梦》子弟书，刻于同治甲戌；二是《谤可笑》单出影卷，亦同治甲戌刻；三是《金石语》单出影卷，刻于同治庚午。这三种都是春澍斋的作品。据二凌居士跋，知这时作者已死。可知作者生存的大略时代，也可见这时这类曲本才得有序有跋，登于梨枣。

"影卷"是皮影戏的剧本，《金石语》附有《上场人物表》，后书"二凌居士未儒流编辑"。按：二凌当然是指大凌河、小凌河，说明他是辽东人；未儒流即未入流的谐音，他一定是一个沉于下僚而略有文学教养的人。子弟书的提高一层，大约也就在这段时间里。

七、《忆真妃》的作者

子弟书绝大多数没有作者可考。罗松窗和韩小窗并称"二窗"，但人们对罗松窗的身世几乎一无所知，他的作品也没有什么标志。韩小窗是韩济和先生的旁支远祖，我们还有些传闻可稽。他的作品，喜好在开端几句中嵌上"小窗"二字。

唯一有姓字可据的，是这本《忆真妃》的作者。从前的无作者姓名，正是一般文学艺术品的初期现象。到了有作者姓名，便已入了文人手中，处于提高的阶段了。

《忆真妃》刻本前有隆文的序，说："乙未夏，余由藏旋都，驻蜀之黄华馆，适澍斋同年亦以别驾来省。……以近作诸本赐观。"又说："曾记共研时，霜桥孝廉戏澍斋句云：'前有袁子才，后有春澍斋。'"

款署"愚兄云章隆文拜读"。从这里得知作者春澍斋是隆文的同年，曾任四川某州的同知。按：隆文字质存，号云章，清宗室，正红旗满洲人。嘉庆十三年戊辰翰林，散馆改刑部主事，官至军机大臣、户部尚书，谥端毅。

《蝴蝶梦》有二凌居士跋云："爱新觉罗春澍斋先生，都门优贡生，宦游奉省年久，与余笔墨中最为知己。所著各种书词，向蒙指示。公寿逾古稀，精神健壮。临终先时，敬呈楹联十四字云：'公正廉明真学问，喜笑怒骂皆文章。'夫子赏鉴，遂以此书相赠，梓付手民，以志不忘云尔。二凌居士谨跋。"从这里得知春澍斋姓爱新觉罗，都门优贡生（隆文所称同年，应是生员同年），曾在奉天做官多年，年逾七十还精神健壮。临终以前，二凌居士得到书稿。《蝴蝶梦》刻于同治甲戌，假定春澍斋卒于这年，年约七十五，上推约生于嘉庆五年，在四川做同知时年约三十五，而《忆真妃》正是在蜀中所作。

清代旗下人的汉名，多是二字，并不连姓。普通即以名的上字代姓氏，如春某，字澍斋，即被人称春澍斋。他既姓爱新觉罗，如是宗室，当然可在《星源集庆》①宗谱中查出，从水旁的"澍"字可以推出他名的下字不离什么"霈""润""霖""泽"之类的字样。清代皇族都姓爱新觉罗，本无差别。但清初即曾经官定，本支称"宗室"，旁支称"觉罗"。觉罗人士可以署名某某，也可署名觉罗某某。宗室则署某某或宗室某某。觉罗人士为了表示他也"系出天潢"，有时也写"爱新觉罗某某"，而宗室反倒不这样写。妇女称某氏，觉罗称"觉罗氏"，宗室则称"宗室氏"。到了民国成立，袁世凯在所谓"优待条件"中曾有一条是要旗人名上冠以汉姓，清代的宗

清代旗下人
——《冰嬉图》

---

① 《星源集庆》：记载清代皇家人口的一种谱牒，参考皇家族谱《玉牒》的形式记载皇室本支世系。嘉庆二十二年（1817）以后改用汉文。

室人士有为表示自己原有姓氏，因而自署"爱新觉罗某某"的，但这只在行文上出现，社会交际的名帖上并不这样写，别人口头也不这样称。以上是清初到清末和自民国初到1984年两段的情况。

春澍斋的这个"爱新觉罗"的姓，很可能标志着他是觉罗。如是觉罗，则须到《星源集庆》宗谱中去查。问题还不止此，二凌居士跋中的斋上一字却是从木旁的"树"字，这就更加不可捉摸了！

八、创造性的新诗体

子弟书虽然是歌唱的，但因为它是敷陈故事，属于鼓书一类性质，所以叫作"书"。当时这些"书"的作者，极像宋元之间的戏曲作者"书会先生"。他们创作作品，称为"著书"，所以隆文序中说春澍斋"尤善著书"，即指撰写子弟书。

我对这个"书"字却有些意见，并非以为只有经史子集才配叫书，必作议论考据才配叫著书，而是觉得它应叫"子弟诗"才算名副其实。这个"诗"的含义，不只因它是韵语，而是因它在古典诗歌四言、五言、七言、杂言等路子几乎走穷时，创出来这种"不以句害意"的诗体。我们知道白居易的作品在唐代总算够自由和大胆的了，那些《长恨歌》《琵琶行》，通俗性并不减于春澍斋、韩小窗的子弟书，但他还出现过把周师范这个人名在诗句中只称周师，自注"去范字叶韵"，直成了"杀头便冠，削足适履"。当然由于冠履小于头足，才去杀削，若有人能制出能伸缩、有松紧的冠履，头足也就无须杀削了。

古代诗从四言到杂言，字数由少到多，句式由固定到不固定，都是冠履由紧到松。但每放开不久，就又成了定型。杂言到了李白《蜀道难》，总算句式相当自由了，三、四、五、七、九言杂用，思路、形象跳跃，当然与句型的变化是尽力相应的。但由于时代差异，语言习惯发展，今天读起来，未免仍稍有生硬之感。欧阳修的《明妃曲》，出现"胡人以鞍马为家，射猎为俗，泉甘草美无常处"的句式，实是以三四四的句子对七言句，但念起来远不如子弟书流畅，主要应由于"胡人以"处顿不开，便成了七四七的两句，相当拙涩了。

词、曲解放了一步，因为它们可以有衬字，但终究有曲牌的锁链松松地套着，到了衬字辨不出来时，就都变了正文，那松链又变成了紧链。偶然遇到苏轼的《水龙吟·杨花》、李清照的《声声慢》，能在紧链中任情高唱，大家不禁喝彩，可惜就只有这么几首中的几句。

到了元明剧曲中，衬字活的，能"不以词害句"；而定型了的，则多以文雅的辞藻、典故来堆衬，以救其"不成话"之穷，造成了"皮厚"（艺人称易懂的唱词为"皮薄"，难懂的唱词为"皮厚"）的唱词。西皮二黄唱词似乎可以无所顾忌了，但也出现了"翻身上了马能行"一类的句子。马而不能行，上它何为？实际"能行"只是凑数凑韵而已。

子弟书以七言律句为基调，以其他的长短碎句为衬垫，伸缩自如，没有受字数约束的句子，也就没有受句式约束的思想感情。虽也有打破三字脚的句子，但总以并列的四言镇住句尾。在其他作品中，也有一句中以一个四言为句尾的，但这种句中上边总以松活的衬句领先，而且对句也必配得相称，绝没有"胡人——以——鞍马——为家"那样干巴巴的句子。至于：

似这般，不作美的金铃、不作美的雨，
怎当我，割不断的相思、割不断的情。

当然，"不作美的雨"和"割不断的情"是五言句，实际上这两句是"作美金铃作美雨，不断相思不断情"。加上衬垫，就把五言、七言句子变得有如烟云舒卷，幻化无方了。又如蚯蚓有一般的长度，但禁得起切成碎段。断了再长，又成几条。这种既具有顽强的生命力，又具有多变的灵活性，归结还不离一般的长度和形态。这种诗，衬垫自然，不必用很多的"啊""哦"来烘托，才够诗的气氛；节约版面，也不必用阶梯式的写法，才成诗的形式；密咏恬吟，更不必用大力高声，才合朗诵的腔调。

另一方面，它的曲词又可随处移植：在演唱的场面上，从前听到清音大鼓拿它作唱词，后又听到小口大鼓拿它作唱词。可见它又没有唱法唱腔上的狭隘局限，岂不是一举数得的民族的、民间的、"雅俗共赏"的新体诗作吗？

九、子弟书与八股文

《忆真妃》隆文序中说："余卒读之，纯是八股法为之。以史迁之笔，运熊、刘之气，来龙去脉，无不清真，而出落处，更属井井。至于意思新奇，字句典雅，又其余事。"

眉批不知出谁手，与隆文的序相印证，似即为隆氏所批。在"忙问道"二句上批："此等度法，纯是天、崇、国初。"在"说这正是"句上批："一'说'字入口气极妙。"

这里需要加以说明的，首先是"清真"。按：八股向以"清真雅正"四字为标准。我所见到的最早露面处是在清代《钦定四书文·序》中，从此嚷了二百多年，谁也没能给这四字举出定义，只有张之洞的《轩语》中有几句解释，仍是抽象之词。现在姑从字面上讲，"清"当然是清楚，不杂乱；"真"应是对伪而言的，也就是不作"歪体""伪体"

（指历史上文艺评论家所反对的不合正统的诗文），或指不说假话。"雅正"是俗邪的反面，比较易懂了。在八股家的评语中，提出"清真"二字，便是肯定文章合乎标准的同义语。至于"度法"一词，是指"度（渡）下"之法。何谓"度下"？比如题为"甲乙"，先说了甲后，过渡到说乙时，这个过渡部分的话，叫作度下（回顾上文、联系上文的话，叫作"挽上"）。"入口气"也是八股的术语，例如题为"子曰什么"，在作者用自己的、客观的说明交代完了之后，应该阐明孔子说什么的时候，即应用孔子的口气来说。开始用题中人物的语气来说话处，叫作"入口气"。

八股文曾为什么人服务及其功过是非等，都是不待言的，也是这里所不能谈得全的。而它的逻辑周延，推理精密，一个问题必须从各面说深说透，这种种文笔的技巧，则又是读过八股的人所共见的。作子弟书的人，生在科举考试用八股文的时代，必都学作过八股文，也是可以想见的。但子弟书并不等于八股文，运用八股文的某些技巧，也并不等于作八股文，这也是不言而喻的。清代中期学者焦循，曾因八股文代题中人物说话，把八股比作戏剧；还有人作不好八股，因读《牡丹亭》而文笔大进，这也都是八股技巧与戏曲有关的旁证。

这篇《忆真妃》还有一项最明显合乎八股文法处，却未被隆文指出的，即是这段故事内容是写杨妃死了以后，唐明皇在入蜀途中回忆杨妃的心情。所以有些传抄本题作《闻铃》或《剑阁闻铃》。这未必全出抄者臆改，可能是作者某次稿的旧题。有涉及杨妃死前事迹处，都是明皇心中悔恨的追忆，而不是作者客观的记述。如果实写了以前的事，叫作"犯上"。又末尾只写到天明启程，如用作者语气写出启程以后的事，便成了"犯下"。也不知是作者有意为之，还是习惯使然，居然丝毫未犯这种戒条。

[明] 吴彬《明皇幸蜀图》
现藏天津博物馆

有趣的是全篇想唐明皇之所想，细腻入微，面面俱到，几乎是滴水不漏了，然未免犹有令人遗憾处。如此心思玲珑剔透的作者，却没留下从杨妃那一面设想的作品。

㊙

《忆真妃》全文

乙未夏，余由藏旋都，驻蜀之黄华馆，适澍斋同年亦以别驾来省。他乡遇故知，诚为快事。澍斋诗文，固久矣脍炙人口，而尤善著书。如《忆真妃》《蝴蝶梦》《齐人叹》《骂阿瞒》及《醉打山门》诸作，都中争传，已非朝夕。兹长夏无事，欲解睡魔，澍斋因以近作诸本赐观。余卒读之，纯是八股法为之。以史迁之笔，运熊、刘之气，来龙去脉，无不清真，而出落处，更属井井。至于意思新奇，字句典雅，又其余事。曾记共研时，霜桥孝廉戏澍斋句云："前有袁子才[①]，后有春澍斋。"虽曰戏之，实堪赠之云。愚兄云章隆文拜读。

通首诗文，尚未之见。今观此本，已诚为文坛捷将矣。拜服，拜服！晓瞻弟张日拜读。

（以上是序文和题词）

（以下是全部曲词和批语）

马嵬坡下草青青，

史迁：汉代司马迁的别称。熊、刘：清代顺治朝状元刘子壮精制举文，与同榜榜眼熊伯龙齐名。

① 袁子才：袁枚，清代文学家。字子才，号简斋、随园。钱塘（今浙江杭州）人。乾隆进士，授翰林院庶吉士，任知县，辞官隐居江宁小仓山随园。论诗倡导"性灵说"，与赵翼、蒋士铨合称"乾隆三大家"。著有《随园诗话》等。

今日犹存妃子陵。

题壁有诗皆抱憾，

入祠无客不伤情。

批：原原本本，高唱而入。（按：眉批原在上端，现为阅读方便，先出曲词，下注"批"字，再录批语。又正文句旁圈点，多为映照批语，今删。）

三郎甘弃鸾凰侣，

七夕空谈牛女星。

万里西行君请去，

何劳雨夜叹闻铃。

批：甘弃二字、谈字、请去字、何劳字，春秋笔法，是老吏断讼，盲者焉知。

杨贵妃，梨花树下香魂散，

陈元礼，带领着军（卒）才保驾行。

叹君王，万种凄凉，千般寂寞，

一心似醉，两泪如倾。

愁漠漠，残月晓星初领略，

路迢迢，涉水登山那惯经。

好容易，盼到行宫，（歇歇）倦体，

偏遇着，冷雨凄风助惨情。

批：如此落题，是大家手段。

　　剑阁中，有怀不寐的唐天子，

　　听窗儿外，不住的叮咚作响声。

批：天衣无缝。　　　　　　　．

　　忙问道，外面的声音是何物也，

　　高力士奏，林中的雨点，和檐下的金铃。

（按：从前习惯此和彼的"和"，多写作"合"，今改。）

批：苍老。此等度法，纯是天、崇、国初。

　　这君王，一闻此语长吁气，

　　说，这正是，断肠人听断肠声。

批：一"说"字入口气极妙。

　　似这般，不作美的金铃、不作美的雨，

　　怎当我，割不断的相思、割不断的情。

批：绝妙好词。

　　洒窗棂，点点敲人心欲碎，

　　摇落木，声声使我梦难成。

铠嘟嘟，惊魂响自檐前起，

冰凉凉，彻骨寒从被底生。

批：句句是情，句句是景。情中景，景中情，双管齐下，横扫
五千。

孤灯儿，照我人单影，

雨夜儿，同谁话五更。

怎孤眠，岂是孤眠眠未惯，

恻泉下，有个孤眠和我同。

批：匪夷所思。

从古来，巫山曾入襄王梦，

我何以，欲梦卿时梦不成。

批：非情天孽海中人不能如此设想。

莫不是，弓鞋儿懒踏三更月，

莫不是，衫袖儿难禁五夜风。

莫不是，旅馆萧条卿厌恶，

莫不是，兵马奔驰你怕惊。

莫不是，芳卿意内怀余恨，

莫不是，薄幸心中少至诚。

批：六"莫不是"是六层，一层深似一层。雅人深致，绣口锦心。

　　既不然，神女因何，不离洛浦？

批：三字有千钧力。（按：三字指"既不然"，正文旁有密圈。）

　　空教我，流干了眼泪，盼断了魂灵。

　　一个儿，枕冷衾寒，卧红莲帐里，

　　一个儿，珠沉玉碎，埋黄土堆中。

　　连理枝，暴雨摧残分左右，

　　比翼鸟，狂风吹散各西东。

批：连理枝、比翼鸟用在此处，确乎不拔。

　　料今生，璧合无期，珠还无日，

　　就只愿，泉下追随伴玉容。

　　料芳卿，自是嫦娥归月殿，

　　早知道，半途而废，又何必西行。

批：何必西行，不错不错。

　　悔不该，兵权错付卿千子，

　　悔不该，国事全凭你令兄。

批：此等巧对，却在目前，他人万想不到。

细思量，都是奸（贼）他误国，

真冤枉，偏说妃子你倾城。

众三军，何恨何仇，和卿作对，

可愧我，要保你的残生也不能。

批：冤枉真冤枉，可愧真可愧。

可怜你，香魂一缕随风散，

致使我，血泪千行似雨倾。

恸临危，直瞪瞪的星眸，咯吱吱的皓齿，

战兢兢的玉体，惨淡淡的花容。

批：肖神之笔，写得怕人。

眼睁睁，既不能救你，又不能替你，

悲恸恸，将何以酬卿，又何以对卿。

批：无地自容。

嗳，最伤心，一年一度梨花放，

从今后，一见梨花一惨情。

妃子呀，我一时顾命，就耽搁了你，

好教我，追悔新情忆旧情。

批："顾命"二字，口气太毒，作书人应减寿十年。

再不能，太液池观莲并蒂，

再不能，沉香亭谱调清平。

再不能，玩月楼头同玩月，

再不能，长生殿里祝长生。

我二人，夜深私语到情浓处，

你还说，但愿恩爱夫妻和我世世同。

批：愈转愈曲，愈曲愈灵。

到如今，言犹在耳人何处，

几度思量几恼情。

那窗儿外，铃声儿断续，雨声儿更紧。

房儿内，残灯儿半灭，冷榻儿如冰。

柔肠儿，九转百（结，结结）欲断，

泪珠儿，千行万点，点点通红。

批：到底不倦，何等力量。

这君王，一夜无眠，悲哀到晓，

猛听得，内官启奏，请驾登程。

批：曲终人不见，江上数峰青。

文人一生心血，
只在故纸一堆，
其幸者获传，
不幸则湮没。

名诗词精读

饮马长城窟行

　　古之诗文，有原无篇题者，即取首句中字为题，如《关雎》《学而》是也；有原有篇题者，如《离骚》《养生主》是也。古乐府原起自巷陌歌谣，无题者多，如《朱鹭》《思悲翁》，乃前一例也。其有篇题者，多后人隐括辞意，为立题目，如《陌上桑》，如《古诗为焦仲卿妻作》是也，而《陌上桑》又名《罗敷行》，又名《日出东南隅行》，其用首句者，殆为最初之标题，而陌上、罗敷等名，俱较后起，可断言也。

　　至于拟古之作，于同一旧题中，首句有种种情状，如魏武《塘上行》、傅玄《艳歌行》，乃用古辞而略有增改者，故不仅首句全同也。其次则变化古辞字句，即如拟《日出东南隅》者，首句有"城隅上朝日""城南日半上""日出东海隅""扶桑升朝晖"，等等，则不违异，亦不雷同。不违以示所拟，不同以示非袭耳。又有只用旧题，与古辞原意无关，例如魏武之《秋胡行》是也。

[东汉]《舞乐车马图汉画像石》拓片
出土于江苏省睢宁县墓山一号墓前室
现藏睢宁县博物馆

汉画像石·妇人

又《塘上行》古辞"蒲生我池中"一首，相传为甄后①所作。《乐府正义》云："'蒲生'篇并无'塘上'二字，知非塘上本词，盖古《塘上行》甄后拟之为'蒲生'也。"《歌录》云："《塘上行》古辞。则必有诗而不可得矣。"其言最近理，是今见塘上古辞之先，尚有更古一首也。明乎此，请进而言古乐府《饮马长城窟行》。

————————
① 甄后：魏文昭皇后，魏明帝生母。名不载，中山无极（今河北无极）人。先为袁绍次子袁熙妻，后改嫁曹丕。相传曹植《洛神赋》即为其所作。黄初二年（221）被赐死。存世有《塘上行》一首。

108

　　《饮马长城窟行》，今传古辞，为《青青河畔草》一首，其辞
与题无关，不仅不见"饮马"字样而已。以前拈之规律推之，实为拟作。
同时有陈琳之作，首云"饮马长城窟，水寒伤马骨"，全篇述筑城
役卒之苦，及故乡思妇之情。以思妇言，与"青草"一首相同；以役
卒言，则"青草"一首中尚属未备。陈作不但词意合题，首句且符
原始形状。如云拟作，此首当为最完善近真者也。

　　或谓《文选》将二首互倒之误。然《文选》之编，出于选楼众手，
陈琳之集，当日未必即亡，且经唐贤一再笺注，何以此疑终不见及？
吾近读《宋书·乐志》，忽悟及此事。盖魏晋乐府于古辞，有用其
题而模拟重撰者，有就原辞修改者。其修改之处，亦复有增有减，
有多有少，各视当日所需。而修改之作，其名即以属之执笔之人，
并不以抄袭冒充论。即如前举之晋乐所奏之《塘上行》，后世即归
之为魏武帝矣。再如，前举傅玄之《日出东南隅行》，保存原辞，
将及三分之二。在此等特殊之拟作中提炼原辞，可得其全首或极大
部分。而陈琳之作，实属此类也。陈琳此诗之内容与题义相符；首句
与题字相符；更从风格言之，韵脚与口气，随手变化，且杂有古谚，
俱与文人拟古之边幅整齐、针线细腻者不同，故知其中保存原辞或
更多于前举傅玄之例也。是以此诗可按今日流行之格式题之曰："古
乐府《饮马长城窟行》，陈琳整理。"其庶几乎！

　　古乐府《饮马长城窟行》（青青河畔草）"枯桑知天风，海水
知天寒"，解者不一。按：两句中实寓一"归"字之义。桑落归根，
水落归海，俱于寒冷之时，此言桑海无情之物，尚能岁晚知归，以
衬出游子忘归。紧接"入门各自媚"句，言他人俱如桑海知归；下句"谁
肯相为言"，怨他人之自为料理而不我顾。两句合观，具见既羡且
妒之心。且以衬游子之无情也。

汉画像石·婢女

至于桑海之喻，颇疑当时有此谚语为众所习知者，故随手拈出，不嫌兀突。唐韦应物"拟古"诗曰："辞君远行迈，饮此长恨端。已谓道里远，如何中险艰。流水赴大壑，孤云还暮山。无情尚有归，行子何独难……"韦诗语意，线索分明，与此古乐府句义正合，可为旁证。

㊟

饮马长城窟行

汉乐府

青青河畔草，绵绵思远道。

远道不可思，宿昔梦见之。

梦见在我傍，忽觉在他乡。

他乡各异县，展转不相见。

枯桑知天风，海水知天寒。

入门各自媚，谁肯相为言！

客从远方来，遗我双鲤鱼。

呼儿烹鲤鱼，中有尺素书。

长跪读素书，书中竟何如？

上言加餐食，下言长相忆。

汉画像石·双鱼

饮马长城窟行

[三国]陈琳

饮马长城窟，水寒伤马骨。

往谓长城吏，慎莫稽留太原卒！

汉画像石·人物

官作自有程，举筑谐汝声！

男儿宁当格斗死，何能怫郁筑长城。

长城何连连，连连三千里。

边城多健少，内舍多寡妇。

作书与内舍，便嫁莫留住。

善待新姑嫜，时时念我故夫子！

报书往边地，君今出语一何鄙？

身在祸难中，何为稽留他家子？

生男慎莫举，生女哺用脯。

君独不见长城下，死人骸骨相撑拄。

结发行事君，慊慊心意关。

明知边地苦，贱妾何能久自全？

池塘春草，
敕勒牛羊

昔人有从诗歌句律中窥测方音者。陆放翁《老学庵笔记》卷八云：

> 白乐天诗："四十著绯军司马，男儿官职未蹉跎""一为州司马，三见岁重阳"。本朝太宗时宋太素尚书自翰苑谪郴州行军司马，有诗云："郴州军司马，也好画为屏。"又云："官为军司马，身是谪仙人。"盖北音司字作入声读。

此以三联格属律调，故知"司"字在作者实作仄声读也。又卷十五云：

> 世多言白乐天用"相"字多从俗语作"思必切"，如"为问长安月，如何不相离"是也。然北人大抵以"相"字作入声，至今犹然，不独乐天。老杜云："恰似春风相欺得，夜来吹折数枝花"，亦从入声读，乃不失律。俗谓南人入京师效北语，过相蓝辄读其榜曰"大厮国寺"，传以为笑。

此则据二联律调以知作者实以"互相"之"相"作仄声读也。

或谓此以近体格律推其字之声调，似不能依以推论古诗。如谢灵运"池塘生春草，园柳变鸣禽"，"春"字岂能读仄声！

然世共知灵运得意此联，以为"对惠连辄有佳句"者也。六朝人偶见有符合律调之句，必赞叹以为精妙。盖只知其音律天成，而未悟其为律调耳。如沈约《宋书·谢灵运传·论》云：

> 子建函京之作，仲宣霸岸之篇，子荆零雨之章，正长朔风之句。并直举胸情，非傍诗史。正以音律调韵，取高前式。

按上举之例，乃曹植诗："从军度函谷，驱马过西京。"王粲诗："南登霸陵岸，回首望长安。"孙楚[①]诗："晨风飘歧路，零雨被（读若'披'）秋草。"王赞[②]诗："朔风动秋草，边马有归心。"

又如，钟嵘《诗品·序》云：

> 古曰诗颂，皆被之金竹，故非调五音，无以谐会。若"置酒高堂上""明月照高楼"，为韵之首。

按：沈、钟二家所举十句，除"晨风飘歧路"一句非属律调外，其余九句，莫不合律。可知当时文人未知律调平仄结构之所以然，偶遇合乎律调者，或诧为"音律调韵"，或标为"为韵之首"，皆此故耳。然则灵运之自诩为佳句者，安知非以其"音律调韵"乎？

---

① 孙楚：西晋文学家。字子荆，太原中都（今山西平遥西南）人。出身世家，有"漱石枕流"之辩，官至冯翊太守。

② 王赞：西晋诗人。字正长，义阳（今河南新野）人。惠帝时官拜侍中，为石勒所杀。今存诗五首。

[唐]孙位《高逸图》
现藏上海博物馆

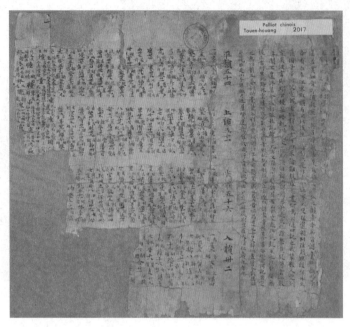

敦煌写经《切韵》手稿
现藏法国国家博物馆

夫"春"字实具万物蠢动之义，安知灵运不曾依其方音读之为仄声乎？以白居易、李白、杜甫诸家之例衡之，谢灵运"春"作仄声，益为近理。如必取证古读，则《考工记·梓人》："春以功。"注："春读为蠢。"郑读宁不古于陆读乎？吾于是又深疑"晨风"句之"歧"字，安知作者不曾作仄读如"跂"乎？

今之言古音者，皆以《切韵》以及《唐韵》《广韵》为依据，按陆法言[1]裁定"南北异同，古今通塞"，所谓"我辈数人，定则定

---

[1]　陆法言：隋代音韵学家。名词（慈），以字行，临漳（今河北临漳西南）人。官承奉郎，因父罪免职。编有《切韵》五卷，唐宋韵书多以此为蓝本。

矣"。于统一语音之事，其功自不可泯，而南北之方音，古今之时变，竟未加记录。遂使后世误以为《切韵》所记可概今古者有之，以为可概陆氏当时南北音者有之；是直未读《切韵·序》者矣。试思陆氏之时如无"南北异同，古今通塞"，彼数人者，又何须为之"定则定矣"乎？

兹再依放翁所举之例，以论斛（hú）律金^①之《敕勒歌》。姑不论其歌为鲜卑语之汉译文，抑为斛律氏直用汉语所歌者。斛律金虽不能用汉字署"金"字，史固未言其不通汉语也。即使其为译文，亦出当时汉人之通鲜卑语者所为者。既以汉语成歌，必其音节有足谐汉音者。

> 敕勒川，阴山下。天似穹庐，笼盖四野。天苍苍，野茫茫，风吹草低见牛羊。

今日读之，音节铿锵，视近世之以汉语直译西方诗者，犹觉不背华言，况其未必果出译作乎？唯其末句云：

> 风吹草低见牛羊。

以视《西洲曲》之"海水梦悠悠"，《木兰辞》之"万里赴戎机"诸句，其音律之谐，未免多逊。其所以不谐者，在于"低"字为平声耳。今检唐、宋以来韵书，此字固未有仄读者。然以得声之偏旁言，

---

① 斛律金：北朝将领。字阿六敦，朔州（今山西朔州一带）人，敕勒族。性敦直，善骑射。东魏高欢围攻西魏玉璧，苦战50天未克，他用鲜卑语唱《敕勒歌》，稳定军心。北齐时封咸阳郡王。

[南北朝] 佚名《狩猎图》（局部）
山西忻州九原岗北朝墓葬壁画

"底""抵""砥"，皆从氏声，而属仄调。独从"人"之"低"，绝无仄读，此事理之可疑者一。

或谓字义不同，其调必异。今"抵""砥"二字既属另一义，则且置之。其"底""低"二字，固同"下"义，而分属二调，义果何居？"中兴"，中间兴起也；"中"字自应平读；"中酒"，为酒所中伤也，"中"字自应仄读。而唐人诗中，大抵相反："中兴"之"中"作仄，"中酒"之"中"作平，可知后人以为音义相应者，于古固未尽然，此事理之可疑者二也。

又或以为放翁以格律定音读者，乃就唐、宋人之作而言，魏晋六朝，诗律未成，安可并论？然试观文人之作，则有沈约、钟嵘所举；民间歌曲，则有《西洲》《木兰》之词。其中律调诸句，何以形成？此事理之可疑者三也。

　　今不妨判此"低"字，在北朝曾有仄声一读，即在陆氏所谓"南北异同"中，为其所削而不取者。则"风吹草低见牛羊"，固无愧于"函京""霸岸""置酒""高楼"之取高前式者焉。

　　《敕勒》一歌，古今脍炙，《国风》之下，莫之与京。而白玉青蝇，尚有待于拂拭者在。

　　其歌"下""野"相谐，"苍""茫""羊"相谐，自韵脚言，由仄转平，和谐流走。唯"野"韵句式为三三四四，而"羊"韵句式则为三三七，读之似欠匀称。余故又疑"庐"字、"笼"字有一衍文，或其一为急读之衬字。又友人柴剑虹同志见告云："明胡应麟《诗薮》卷三引此诗即无'笼'字。"不知明人所见果有无"笼"字之本，抑或此字为胡氏所删。苟出胡氏所删，盖亦依于理校者也。盖三三七字，为民间歌谣习用之句式，至今"数快板"者犹相沿不替，此又不待旁勘，而可知其至理者也。

　　虽然，此例固不可擅援也。譬之比事决狱，必其众证纷陈，情臻理至，始堪定案。否则宁从轻比，勿从重比也。

也谈王勃《送杜少
府之任蜀州》诗

在报纸上读到关于王勃《送杜少府之任蜀州》诗的讨论，不觉技痒。虽然报纸上《文学遗产》编者一次综合报道，类似作了总结，但我抱着求教的心，还是写出这篇短文。比如会议讨论既毕，也不妨补上一段书面发言。

鄙意以为读诗宜如孟子所说"不以文害辞，不以辞害志，以意逆志，是为得之"。又凡诗中思路，常有跳跃，如果一律按逻辑发展，前有"因为"，后有"所以"，即使好散文，也并不能完全这样，何况是诗？反过来，一首诗又必有它的思路线索，在跳跃中，也必仍有呼应。所以我觉得王勃这一首诗，也宜于"以意逆志"去读它。

讨论的发端，在于"城阙辅三秦"一句，这句既不那么顺理成章地容易串讲，又偏偏遇上版本方面有异文。通行本"辅三"，《文苑英华》收录这首诗正文也作"辅三"，但有注说："集本作俯西。"

[唐]李昭道（传）
《洛阳楼图》
现藏台北故宫博物院

可惜《王勃集》我没见过宋本，《文苑英华》所据的，当然起码是宋本。日本唐时钞本只剩几段残卷，里边又没有这首诗。后世的选本，有的索性折中而用之作"俯三秦"，便又成了后人另造的第三种本子了。

解释诗文，必按某本所出某字，不宜主观地随便改字，这是著书、注书的人共同信守已久的原则。杜甫《秋兴》中普通选本都作"五陵裘马自轻肥"，但无论直接或间接所见的宋本，都作"衣马"。以逻辑论，"裘马"胜于"衣马"，以版本论，还是应该从"衣马"。名人诗中字句，并不是易讲者即坏，而难讲者即好。只是要"名从主人""字从版本"而已。

王勃这句诗，既有两种本子的异文，便宜先加判断。但两种本子都有它的根据，只好先看"辅三"和"俯西"的区别：如果从"俯西"，那就是说在长安城阙之上俯瞰西秦地区，这本不必推敲。问题偏偏出在宋人单选用"辅三"，而以"俯西"为仅备参考的异文，足见不以所见"集本"为优，这就造成了今日大家探讨的问题了。

现在先从"城阙辅三秦"全句来谈：我们知道唐宋人宴集，特别是送别宴会，常在城门楼上。唐人的例子很多，即宋人如范仲淹《岳阳楼记》的岳阳楼，也是岳阳的城门楼。王勃所写，即是登楼远望的情景。以长安首都为中心，茫茫四顾，这片视野中，乃至包括诗人意识中，有多少城市。这些城市，都是"皇畿"的外围，起着辅佐"皇畿"的作用。"三秦"为什么算指"皇畿"？因为"三秦"即是杜甫所说的"秦中自古帝王州"的秦中，它具有"帝王州"的性质，而长安即是它的集中代表。自有受四外城市夹辅的资格。那么城阙即指登楼所见的四野城市。按这个线索讲下去，又遇到"城阙"一词的问题。

施蛰存先生提出"城阙"不一定只有首都才得被称，真是至理

[东汉] 凤阙画像砖（拓本）
现藏四川省博物馆

名言。我请再补一些旁证。"京"或"京城"，是首都的专称，自
然无疑。但"京城太叔"的京城，就不是郑国的首都①。至于"阙"，
本是阙口的意思，古人在一条通道的起首处，立上两个标志，表示
两者之间，即是入口。可知"阙"原是路口，后来把标志路口的垛
子叫作"阙"，已是引申义了。这种垛子在河南有太室、少室等堆
垛形的汉阙，西南地方还有冯焕、沈君等碑形的汉阙保留至今。它

① 京城太叔：共叔段，姬姓，名段。郑武公子，郑庄公同母弟，受封于京（城邑因临京水
而名，位于今河南荥阳），称京城太叔或太叔段。因谋划作乱，兵败逃亡共地，又称共
叔段。郑国首都为新郑。

们都是两物相对，很像后世的门垛子。太室等"阙"还可以说是山镇祀典所用，而冯沈等"阙"，仅是当时官员的墓道门垛，也可用"阙"。后来帝王都城或宫苑门前筑起两个望楼，或竖起两个华表，传说也是自双阙蜕变而来的。专从词汇来讲，后世习惯中，"魏阙""宫阙""陵阙"成为帝王专利品外，"城阙"就不尽那么严重了。

杜甫《野老》诗"王师未报收东郡，城阙秋生画角哀"，钱谦益注："两京同南都，得云城阙"，"城阙"还有得云不得云的资格之分。成都虽曾称南都，但在这里的诗意分明说的是城上驻军吹的号角声。注重在城，而不是注重在都，不然他何不说"都会秋生""都市秋生""都鄙秋生"呢？记得近年动乱期间，有人在文章中用了"华灯"一词，又有人在报上说，天安门前的路灯既被称作华灯，旁处的灯就不应再叫华灯了。钱注杜诗，和这种见解真有异曲同工的味道。

再说"风烟望五津"。风烟好懂，是指迷漫的风尘烟雾一类的东西，它们专能遮住视线。解为从有风烟处以望五津，或说五津的方向，望去只见风烟，都无关紧要，只表示去处路程之远而已。

综观二句，是一近一远。近是送别时聚首宴会所在地长安；远是杜少府一路远行的去处。近是横看，远是纵望。

"与君离别意，同是宦游人"，这二句似乎不存在什么问题，但宜注意的是杜往蜀州，不是还乡，而王勃的家乡，也不在长安。他们虽然一去一留，其为离乡游子，并无两样。作者表示自己也同是宦游之客，用以安慰去者，以减轻离怀，用意实更深入一层。

"海内存知己，天涯若比邻"，这一联本是两个名句，近年又因曾被作过外交辞令而更加烜赫。我们把它收回到这整首诗中来看，作者的诗思线索更为分明。三秦、五津都是唐土，"海内"一词，字字落实，绝非什么"五湖四海""海说""海报"等词的"海"，而是"祖国领土之内"的同义词。那么"天涯"一词也就同样不是泛词了。从唐代那时的交通条件和长安至蜀州的距离路程看，再从三秦、五津的纵横角度看，真如李白所说的"难于上青天"。在今天不过两小时的飞机行程，在清代专差大臣走起来，也要三个月，那么唐代的条件还禁得起比吗？可见这一句的分量，不仅在"若比邻"这种动人的夸张了。了解了这些艰难，才能知"歧路沾巾"并非古人感情特别脆弱，也可知其非一般套语了。

后世作诗，讲究"炼字""炼句"，常常炼得使人读不明白时，才称为火候到家。但真正大诗人的佳作，却常是词达理举的。王安石有一句"暝色赴春愁"，"赴"字颇不易理解，有的本子作"起"，也不知哪个是王安石的原本。这二字之间，也没什么可以轩轾①的。清代王士禛论诗绝句却说："不是临川王介甫，谁知暝色赴春愁。"而他也没说出"赴"何以好，"起"何以坏。照这样论诗，岂不可以立刻作千百句！如套两联说"不是襄阳杜子美，谁知衣马自轻肥""不是龙门王氏子，谁知城阙辅三秦"，岂不也算独具只眼了吗？平心而论，这首诗在初唐五律中，确推为绝唱。而"城阙辅三秦"，也确是不太好讲的句子。

---

① 轩轾：古代把前高后低的车称为"轩"，前低后高的车称为"轾"，引申为高低、轻重、优劣。

李后主《临江仙》词

李后主^①有亡国一事，于是其一举一动，皆遭附会与亡国有关。又不幸而书佳词妙，亡国之事，乃更有可傅丽而渲染者焉。"樱桃落尽春归去"一词，流传草稿数纸，后人各就其所见者以骋臆说，于是此词在后主诸诗词中，又成聚讼之端。综观宋人所记，当时此稿流传盖有二本，其甲本阙末三句；其乙本为全首并附录太白诗。

关于甲本。胡仔《苕溪渔隐丛话》前集卷五十九引蔡绦《西清诗话》^②云："南唐后主围城中作长短句，未就而城破。'樱桃落尽春归去……望残烟草低迷。'余尝见残稿，点染晦昧，心方危窘，不在书耳。艺祖云：李煜若以作诗工夫治国事，岂为吾虏也！"其后苕溪渔隐考证以为伐江南城破在十一月，此词咏春景，则蔡言未就而城破者非是。但又谓金陵围城凡一年，此乃城围而未破时作。

艺祖：意为有文德之祖，也是开国帝王的通称。这里指宋太祖赵匡胤。

---

① 李后主：南唐后主李煜，精于书画诗文，以词的成就最高。

② 《西清诗话》：又名《金玉诗话》，诗论著作，北宋蔡绦著，成书于北宋宣和年间。蔡绦，字约之，徽宗朝权相蔡京子，钦宗时被流放白州（今广西博白）。

樱桃黄鹂

[南宋] 佚名《樱桃黄鹂图》
现藏上海博物馆

　　《诗话总龟》①云："自古文人虽在艰危困黯之中，亦不忘述作，
盖性之所嗜，虽鼎镬在前不恤也，况下于此者乎？李后主在围城中，
可谓危矣，犹作长短句，所谓'樱桃落尽春归去'云云，文未就而城破，
蔡约之尝见其遗稿。"此则信城破之说，但谓"性之所嗜，鼎镬不恤"。
较之所谓"心方危窘"则略撑门面耳。

　　关于乙本。陈鹄《耆旧续闻》卷三云："蔡绦作《西清诗话》，
载江南李后主围城中书，其尾不全。以予考之，殆不然。余家藏李
后主《七佛戒经》，又杂书二本，皆梵叶，中有《临江仙》，涂注

----

①　《诗话总龟》：诗话集，北宋阮阅编。原名《诗总》，成书于北宋宣和年间，南宋时有
　　增改。阮阅，字闳休，又名美成，号散翁，舒城（今属安徽）人。神宗元丰进士，做过
　　知县、知州。善吟咏，人称"阮绝句"。

数字，未尝不全。后则书太白诗数章，是平日学书也。本江南中书舍人王克正家物，归陈魏公之孙世功（君懋），予陈氏壻（功按：此'壻'字或误）也。其词云：'樱桃落尽春归去……回首恨依依。'后有苏子由 [1] 题云：'凄凉怨慕，真亡国之音也。'"据此可知甲本乃一未全之稿，或由最初起草，后三句尚未撰出；或由其他原因写至此而弃置，但总非城破时最后之笔也。

至于蔡绦何以断为城破时书，亦非毫无因素。按《墨庄漫录》[2] 云："宣和间蔡宝臣（致君）收南唐后主书数轴来京师，以献蔡绦（约之），其一乃王师攻金陵，城垂破时，仓皇中作一疏祷于释氏，愿兵退之后，许造佛像若干身，菩萨若干身，斋僧若干员，建殿宇若干所，其数皆甚多，字画潦草，然皆遒劲可爱，盖危窘急迫中所书也。又有《看经发愿文》，自称莲峰居士李煜。又有长短句《临江仙》云：'樱桃落尽春归去……望残烟草低迷'，而无尾句。刘延仲为补之曰……"可见蔡宝臣同时收得墨迹三件，城破危窘时所书者，乃《祈退兵疏》也。《发愿文》与"长短句"只是同时收来之物而已。蔡绦张冠李戴，牵强附会，遂生出许多纷纠。

乙本后入宣和御府，《宣和书谱》载之。宋代又曾刻入法帖。宋帖今不得见，董其昌曾有临本，刻入《剑合斋帖》。此词之后，又有五言古诗："好鸟巢珍木""月色不可扫""涉江弄秋水"三首。《剑合斋帖》为董氏生时其戚友陈巨昌（字懿卜）所刻，定非赝作。唯董自跋称"临自《淳熙秘阁续帖》[3]"。按：《淳熙续帖》十卷，

苏辙像

---

[1] 苏子由：苏辙，北宋文学家，字子由，苏轼弟。

[2] 《墨庄漫录》：宋代笔记，南宋张邦基撰。内容多记杂事、士大夫逸闻或评述诗文。张邦基，字子贤，高邮（今属江苏）人。性喜藏书，居所名"墨庄"，遂以为书名。

[3] 《淳熙秘阁续帖》：汇刻丛帖。南宋淳熙年间，孝宗赵昚命以内府藏《淳化阁帖》重刻为《淳熙阁帖》，又以南渡后所得晋唐遗迹续刻成《淳熙秘阁续帖》。宋亡后无存。

今传世有金坛翻刻八卷，亦出陈巨昌手，其中未有李书，不知是否在其他二卷中。但以《石刻铺叙》考之，此十卷中俱无李书，不知《铺叙》有遗漏，抑董氏误认其他宋帖为《淳熙》也。总之，董临宋帖之底本，即陈鹄所见之本，殆无疑义。唯董临本第七句作"望残烟衰草低迷"，多一字，当即添改之字，按起草添改，如写后补改，则添注于旁，如写时即改，则随写于本行，而点去其前之误字，此句原删何字，殊费研寻。按：本集各刊本及诸书引文，此句俱不见"衰"字，以"衰"字位置言，如为原在行中删去而董未加点者，但不应改者在上而删者在下。如原为旁注而董临移入行中者，而普通旁注者常为改正之字，则所删应非"衰"字也。再按此七字中删一字，实可有三种句法：

望残烟草低迷

残烟衰草低迷

望残衰草低迷

余尝以为"残烟""衰草"为偶文，且此烟草即望中所见，不必特提望而始知其有此景物也，如云"望"字俯贯下文，则"残烟草"亦颇累赘；至于"望残"如以"望断""望尽"之例解之，则于义可通。然俱未能确证耳。

后主词今以唐圭璋、王仲闻两家校本最称完备，具载此词各字异同，兹不详引。唯二家俱未见董临帖本，因录于后：

樱桃落尽春归去，蝶翻轻粉双飞。子规啼月小楼西。玉钩谁卷，惆怅暮霞霏。

门巷寂寥人散后，望残烟衰草低迷。烬香闲袅凤凰儿。空持

[五代·南唐] 徐熙《花卉草虫卷》（局部）
现藏台北故宫博物院

裙带，回首恨依依。

又临帖与摹刻不同，摹刻在于存真，其涂改之迹亦必照样摹出，如宋人刻颜书《争坐位帖》是也。临帖则可择完好之字临之，其涂抹处可不必尽临也。董临此帖，只有"望残"句多一字，必是添改诸字中之清晰者，其他涂而又注之字，在临本中则不易见矣。或谓宣和所藏，俱为金人载去，南宋刻帖，何从收之？不知榷场[①] 贸易及遣闲信物，刻入南宋法帖者，盖数见不鲜焉。

---

① 榷场：宋、辽、金、元时期位于政权交界地区设置的互市市场。有记载金人拿宋徽宗给金人的谢表在榷场出售。

坡
词
曲
解

东坡词中传诵最多，而误解亦最久者，莫如《水调歌头》（明月几时有）与《念奴娇》（大江东去）二首。

《水调歌头》原题云"丙辰中秋，欢饮达旦，大醉，作此篇，兼怀子由"。首云：

明月几时有，把酒问青天。不知天上宫阙，今夕是何年。

此全出诗人想象，因见月而问天：人间岁月，吾已尽知；天上宫阙，今夕何年，吾所不知。把酒问之，全属醉人意态。因羡月宫佳丽，乃思乘风而往，转念其地高寒，或有不如人间者，故云：

我欲乘风归去，又恐琼楼玉宇，高处不胜寒。起舞弄清影，何似在人间。

语气连贯，主旨分明，本无疑义。而宋神宗读之，有所评论。于是明白简洁之词句，转而晦暗曲折，不知所云矣。

南薰殿旧藏《宋神宗半身像》
现藏台北故宫博物院

《坡仙集外纪》云：

> 苏轼于中秋夜宿金山寺，作《水调歌头》寄子由云云。神
> 宗读至"琼楼玉宇"二句，乃叹曰：苏轼终是爱君。即量移汝州。①

———————————

① 此词丙辰年应是神宗熙宁九年（1076），此时苏轼在密州太守任上。元丰二年（1079），
苏轼因乌台诗案被贬黄州后，京城传唱此词，神宗听闻遂有此感慨，于是在元丰七年
（1084）下手札将苏轼从黄州调至离京城开封近一些的汝州。

[明]仇英《赤壁图》
现藏辽宁省博物馆

　　何以指为爱君？殆谓作者之意若曰：本欲挂冠而去，转念自身
一去，皇帝所居之琼楼玉宇，必将孤寂凄凉也。如此，始与"爱君"
之语相符。亦必理解"不胜寒"者为高居"琼楼玉宇"中之神宗皇帝，
而非幻想身游月殿之词人苏轼也。或谓此故事当出他人附会，其人
盖未读懂此词者；然余则信其果出神宗，以其深符帝王学识，但见"琼
楼玉宇"字样，则断其必非他人可居者。或见苏轼之不欲居琼楼玉宇，
而嘉其不敢僭越耳。世之撰词话及注苏词者，莫不引之。此东坡词
之久遭谬解者一。

　　又《念奴娇·赤壁怀古》云：

遥想公瑾当年，小乔初嫁了，雄姿英发……故国神游，多情应笑我，早生华发。

赤壁一地，聚讼极多，东坡一赋，恰为自诩博学之徒增一口实。以为博学如东坡，竟有误用之典，误指之地，而我独得而纠之，其足以压倒东坡，自无疑义矣。安知东坡集中，本曾自言其地属于传闻。《赤壁赋》云："此非曹孟德之破于周郎者乎？"本阕词中则云："人道是三国周郎赤壁。"诗人感兴，本不必一一确凿，况其已自设为拟议之辞乎？

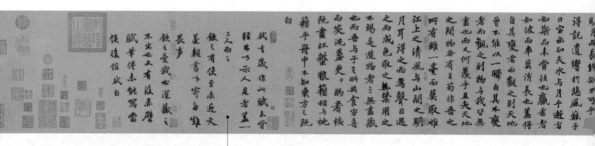

[北宋] 苏轼《赤壁赋》
现藏台北故宫博物院

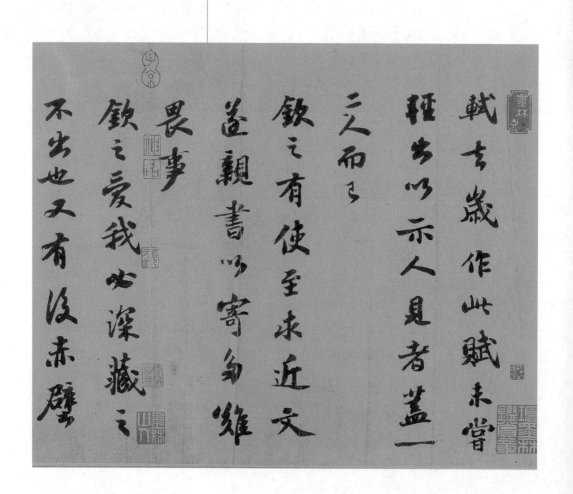

赤壁赋

壬戌之秋七月既望苏子与
客泛舟游于赤壁之下清风
徐来水波不兴诵明月之诗
歌窈窕之章

少焉月出于东山之上徘徊
于斗牛之间白露横江水
光接天纵一苇之所如凌
万顷之茫然浩浩乎如冯虚
御风而不知其所止飘飘乎
如遗世独立羽化而登仙
于是饮酒乐甚扣舷而歌之
歌曰桂棹兮兰桨击
空明兮溯流光渺渺兮予怀
望美人兮天一方客有
吹洞箫者倚歌而和之其
声呜呜然如怨如慕如
泣如诉馀音嫋嫋不绝如
缕舞幽壑之潜蛟泣孤
舟之嫠妇苏子愀然正
襟危坐而问客曰何为其
然也客曰月明星稀乌鹊
南飞此非曹孟德之诗乎
西望夏口东望武昌山川
相缪郁乎苍苍此非孟德
之困于周郎者乎方其破
荆州下江陵顺流而东也
舳舻千里旌旗蔽空酾
酒临江横槊赋诗固一世
之雄也而今安在哉况吾与
子渔樵于江渚之上侣鱼
虾而友麋鹿驾一叶之扁
舟举匏樽以相属寄蜉蝣

余怀望美人兮天一方客有
吹洞箫者倚歌而和之其
声呜呜然如怨如慕如
泣如诉馀音嫋嫋不绝如
缕舞幽壑之潜蛟泣孤
舟之嫠妇苏子愀然正
襟危坐而问客曰何为其
然也客曰月明星稀乌鹊
南飞此非曹孟德之诗乎

今人解此词者多矣，于此"故国""华发"数句，多迂曲其辞（不具引），初未解其何故。久之始悟，盖不敢以周瑜神游见诸笔墨。周瑜，古人、死人也，而竟有神能游，是苏轼之白日见鬼；解词说诗，竟以形诸笔墨，讵能逃宣传迷信之嫌！此东坡词之久遭谬解者二也。

无论黄州赤壁与夫嘉鱼赤壁，固皆孙吴所属。故国者，周瑜之故国也。周瑜往矣，"故国神游"者，诗人设想周郎之神来游其故国也。"多情"者，谓周郎之多情也。以彼之英发，见我之早衰，自应相笑。然其相笑，非由鄙弃，正见其"多情"耳。正如辛稼轩词之"我见青山多妩媚，料青山见我应如是"。稼轩可以设想青山见人，而谓东坡不能设想周郎之神重来故国与之相见乎？

妙矣王静安[①]先生之言曰：

> 固哉皋文[②]之为词也：飞卿《菩萨蛮》、永叔《蝶恋花》、子瞻《卜算子》，皆兴到之作，有何命意？皆被皋文深文罗织。阮亭《花草蒙拾》谓"坡公命中磨蝎，生前为王珪、舒亶辈所苦，身后又硬受此差排"。由今观之，受差排者，独一坡公已耶？

然则"中秋""赤壁"二词之遭附会、曲解，并不足异矣。至于"受差排者，独一坡公已耶"，尤为卓论。谓其不然，试观《诗》之小序与夫朱传，必将有憬然而悟者。

磨蝎：星宿名。苏轼曾说："退之诗云：'我生之辰，月宿直斗。'乃知退之磨蝎为身宫，而仆乃以磨蝎为命。平生多得谤誉，殆是同病也。"调侃自己和韩愈（退之）都是摩羯座，所以命不好。

---

① 王静安：王国维。本文出自其《人间词话》。

② 皋文：张惠言，清代学者、文学家。字皋文，号茗柯，江苏武进（今江苏常州）人。嘉庆进士，官翰林院编修。工词，重比兴寄托，创常州词派。张惠言在其《词选》中认为上述作品都在影射政治。王国维对此进行了批评。

附

水调歌头

[北宋] 苏轼

丙辰中秋，欢饮达旦，大醉，作此篇，兼怀子由。

明月几时有，把酒问青天。不知天上宫阙，今夕是何年。我欲乘风归去，又恐琼楼玉宇，高处不胜寒。起舞弄清影，何似在人间。

转朱阁，低绮户，照无眠。不应有恨，何事长向别时圆？人有悲欢离合，月有阴晴圆缺，此事古难全。但愿人长久，千里共婵娟。

念奴娇·赤壁怀古

[北宋] 苏轼

大江东去，浪淘尽，千古风流人物。故垒西边，人道是，三国周郎赤壁。乱石穿空（穿空一作：崩云），惊涛拍岸，卷起千堆雪。江山如画，一时多少豪杰。

遥想公瑾当年，小乔初嫁了，雄姿英发。羽扇纶巾，谈笑间，樯橹灰飞烟灭（樯橹一作：强虏）。故国神游，多情应笑我，早生华发。人生如梦，一尊还酹江月。

斜
阳
暮

秦少游像

秦少游^①《踏莎行》有"杜鹃声里斜阳暮"之句，后人聚讼极多。盖以"斜阳"与"暮"，词义似有重复之嫌，遂疑"暮"字有误。

明张刊《淮海居士长短句》于本阕下注云：

> 坡翁绝爱此词尾两句……又《王直方诗话》载黄山谷惜此词"斜阳暮"意重，欲易之，未得其字。今《郴志》遂作"斜阳度"。愚谓此亦何害而病其重也。李太白诗"眷彼落日暮"，即"斜阳暮"也。刘禹锡"乌衣巷口夕阳斜"，杜工部"山木苍苍落日曛"，皆此意也……山谷当无此言，即诚出山谷，亦一时之言，未足为定论也。

其说甚是。唯宋人论此，不止王直方一家。王楙（mào）《野客丛书》卷二一条云：

> 《诗眼》载：前辈有病少游"杜鹃声里斜阳暮"之句，谓"斜

---

① 秦少游：秦观，北宋文学家，字少游。

阳暮"似觉意重。仆谓不然，此句读之，于理无碍。谢庄诗曰"夕天际晚气，轻霞澄暮阴"，一联之中，三见晚意，尤为重叠。梁元帝诗："斜景落高舂。"既言"斜景"，复言"高舂"，岂不为赘？古人为诗，正不如是之泥。观当时米元章所书此词，乃是"杜鹃声里斜阳曙"，非暮也。得非避庙讳①而改为"暮"乎？

又明杨慎《词品》卷三论此句一条云：

> 秦少游《踏莎行》"杜鹃声里斜阳暮"，极为东坡所赏，而后人病其"斜阳暮"为重复，非也。见斜阳而知日暮，非复也。犹韦应物诗"须臾风暖朝日暾"，既曰"朝日"又曰"暾"，当亦为宋人所讥矣。此非知诗者。古诗"明月皎夜光"，"明""皎""光"非复乎？李商隐诗"日向花间留返照"皆然。又唐诗"青山万里一孤舟"，又"沧溟千万里，日夜一孤舟"，宋人亦言"一孤舟"为复，而唐人累用之，不以为复也。

按：以上诸家所辩，谓"斜阳暮"三字之不足为病，固是也，唯其所以不足为病之故，则未尽相同，观其论点，约有三类：

一、谓重叠、重复不为病，不必拘泥（王楙、张说）；

二、昔人累用重义字，不以为复（杨慎说）；

三、以为原是"曙"字，因避讳而改为"暮"（王楙说）。

以上除第三说当另论外，一二两说，近似而微有别，然皆未免牵强：夫字义既复，即属修辞之病，"何害而病其重"，似未足以服

---

① 庙讳：封建时代称皇帝父祖名讳为"庙讳"。王楙此处指避宋英宗赵曙之名。

[北宋] 秦观《书摩诘〈辋川图〉跋》
现藏台北故宫博物院

人也。至于"唐人累用之，不以为复"，即不足病，其理亦属难通。

窃谓"斜阳"与"暮"，二词之含义不同，其不为复者，非因古人已有，遂可不以重复论也。"暮"者，是昏暗感觉效果之称，"斜阳"是当时之具体日色，二词并无所谓重复也。杜子美《送孔巢父》诗："天寒野阴风景暮。"谓风景昏暗也。韩退之《秋怀》诗："空堂黄昏暮。"谓空堂之中，黄昏之时，全呈昏暗状况，故"童子自外至，吹灯（吹燃火种）当我前"也。

前人所举"眷彼落日暮"，亦正此类，非因出自太白便不为复也。

142

"朝日"之与"暾"，即"落日"之与"暮"，亦即"黄昏"之与"暮"、"斜阳"之与"暮"耳。

至于"明月皎夜光"，明为月之饰词，夜为光之饰词，故此五字实即"月发光"也。设言"烫手热烧饼"，又岂能讥"烫""热""烧"为重复乎？"一孤舟"，"孤舟"自为一词，言其非连樯衔尾之舟也。"一"者谓其旁无他物，万里、日夜，只有此舟也。设言"纣为一独夫"，又岂能讥"一""独"为复乎？

其三"曙"字之说，最为无稽。少游贬郴州在绍圣三年，上距英宗赵曙之殂，才二十九年。其庙非祧，安有少游不避，而后人反为追避者？且米元章与少游同时，亦安得不避乎？且宋人避讳，不但本字，乃至同音嫌名，亦皆避之唯谨。王楙之语，直不似出自宋人，殊不可解。

又今湖南郴州市郊苏仙岭有石刻少游此词，"斜阳暮"作"残阳树"，"幸自绕"作"本自绕"。词后跋云："秦少游词，东坡居士酷爱之，云少游已矣，虽万人何赎！芾书。"无论其用笔结字之谬，其不避嫌名"树"字，亦绝非治平以后之人所敢书者，是又此桩公案之再一波澜也。

笔至此，又有所触：古人文字，为后人奋笔直改者，不知凡几。今人校点古籍遇有异文处，常见有"择善而从"一语。如既出所从之字，后附列所见之异字，则读者尚可再加审择。如不出校记，而自"择"其所谓"善"，遂弃其所谓不善者，所弃何字，果否不善，亦无从覆案矣。即借此词为例，如某一刊者，率尔依某一说，径改"暮"字，无论改之为"曙"、为"树"、为"度"，在以"暮"为重复之说盛行时，"曙""树""度"固未尝不为善者也。此校书者之所宜慎者欤？

㊟

踏莎行

[北宋] 秦观

雾失楼台，月迷津渡。桃源望断无寻处。可堪孤馆闭春寒，杜鹃声里斜阳暮。

驿寄梅花，鱼传尺素。砌成此恨无重数。郴江幸自绕郴山，为谁流下潇湘去。

文征明原名和他
写的《落花诗》

明代吴门文学巨匠宗师，多半身兼诗书画三绝之艺，即仕宦显
赫的王鏊（ào）^①、吴宽^②之流，虽未见丹青遗笔，至少也是诗书兼
擅的。三绝的大家，首推沈周^③，其次是文壁^④、唐寅^⑤。沈氏布衣
终身，文氏仅官待诏，唐氏中了个解元还遭到斥革。但他们的名声
远播，五百年来可以说是"妇孺皆知"。唐氏又经小说点染，名头
之大，甚至超过沈、文，更不用说什么王宰相、吴尚书了。

王鏊像

① 王鏊：明代大臣、文学家。字济之，号守溪、拙叟，世称震泽先生，吴县（今江苏苏州）
　人。成化进士，官至武英殿大学士。谥文恪。

② 吴宽：明代大臣、文学家。字原博，号匏庵，长洲（今江苏苏州）人。明宪宗成化八年
　（1472）状元，侍孝宗、武宗读书，官至翰林学士、礼部尚书，谥文定。诗浑然天成，
　自成一家，为诗坛领军人物。擅书法。

③ 沈周：明代画家。字启南，号石田，晚号白石翁，长洲（今江苏苏州）人。出身书画
　世家，不事科举。画作笔墨坚实豪放、沉着浑厚，名列"明四家"。

④ 文壁：文征明，明代画家。初名壁，字征明，后以字行，改字征仲，号衡山居士。长洲（今
　江苏苏州）人。沈周学生。54 岁授翰林院待诏，三年后辞归。工书法，擅山水、花卉、
　人物。创"吴门派"，名列"明四家"。

⑤ 唐寅：唐伯虎，明代画家、文学家，一字子畏。

唐寅像

沈周像

　　这些文艺大师，绝非只凭书画而得虚名的，即以书画论，他们也从来没有靠贬低别人而窃登艺术宝座，更没有自称大师而忝居领袖高名。他们的真迹固然与日月同光，即在当时就有若干人伪作他们的书画。明代人记载屡次提到他们遇到这类情况，不但不加辩驳，甚至还成全贫穷朋友，宁肯在拿来的伪品上当面题字，使穷朋友多卖几个钱。有钱的人买了真题假画，也损失不到多么巨大，而穷苦小名家得几吊钱，却可以维持一时的生活。所以明代记载这类事迹的文章，并不同于揭发沈、文诸公什么隐私，而是当作美德来称赞的。

　　这些三绝大家，首推沈周。沈氏的诗笔敏捷，接近唐代的白居易。常常信笔一挥，趣味极其深厚而且自然。有一次他作了十首《落花诗》，不久即有许多人和作。沈氏接着又作十首，再有人和，他再作十首。据已知的和者，有文壁、徐祯卿、吕蕙、唐寅，而沈周自己竟作了三十首。这些诗除曾见沈、唐自写本外，文氏以小楷抄录本流传最多，文氏写本，不仅写了他自己的和作，还常连带写了沈、徐、吕氏的诗。遗憾的是我所见各件文氏小楷写本卷子，多数是伪品，只有一卷真迹，还被不学的人妄加笔画和伪印，但究竟无碍它主体真实的价值。

　　这卷文氏小楷书《落花诗》真迹，是香港大鉴赏家刘均量先生（作筹）虚白斋中的藏品，刘先生早年受教于黄宾虹先生，不但自己擅画山水，而鉴别古书画，尤具特识。每遇流传名迹，常常看到深处、微处，绝不轻信著录。学识又博，经验又多，所以一些伪品是瞒不过他的眼睛的。我最佩服而且喜欢听他的议论，遇到他指示伪品的伪在何处，常常使人拍案叫绝！他藏的这卷《落花诗》，不但楷法精工，而且署名无讹，可称是我平生所见文氏所写这一组诗的许多卷中唯一可证可信的真品。理由如下：

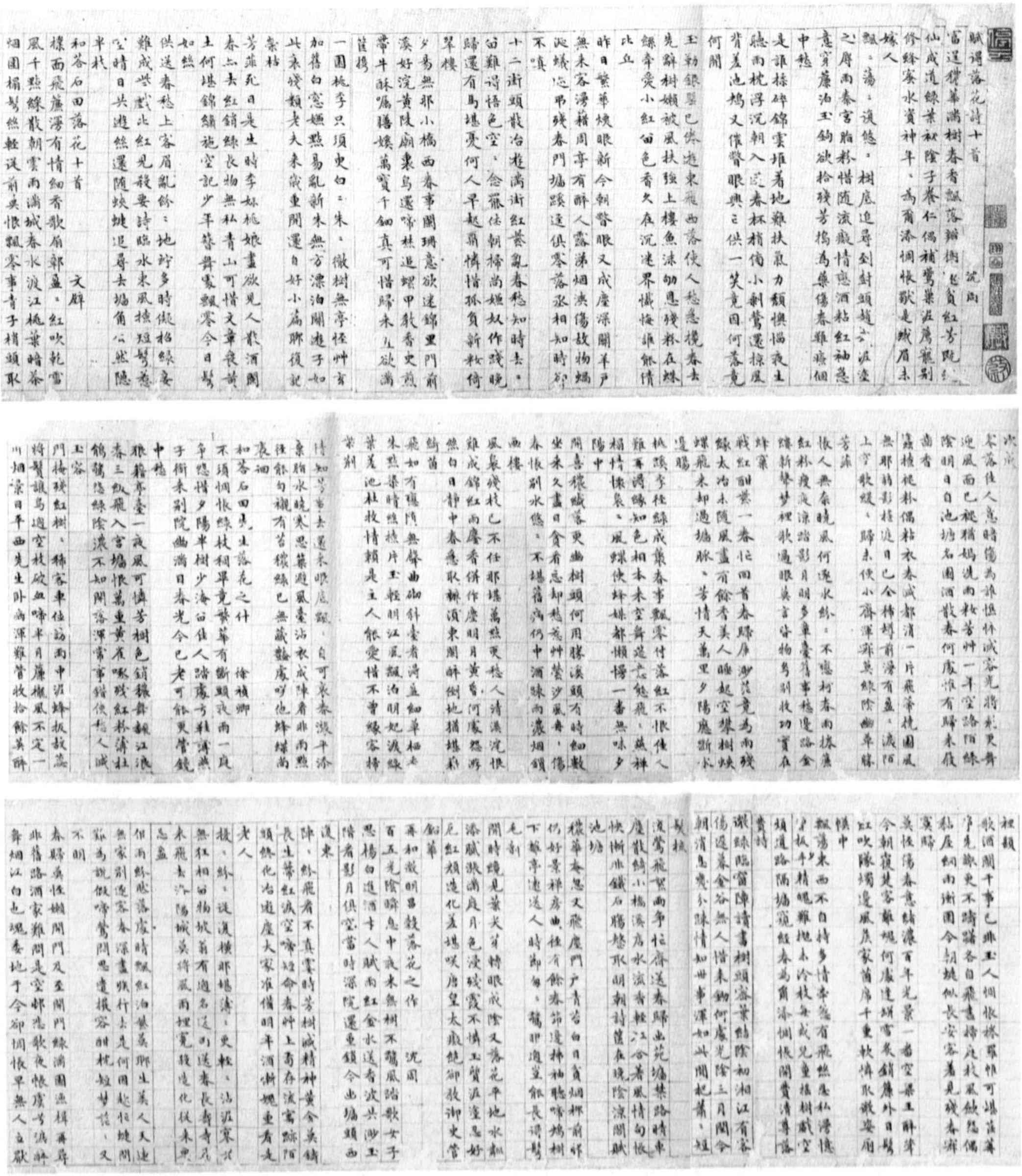

[明] 文征明小楷抄录《落花诗》
刘均量（作筹）虚白斋旧藏
现藏香港艺术馆

文征明像

文氏名壁（从土），字征明。兄名奎、弟名室，都用星宿名。约在四十岁后，以字行，又取字征仲。不知什么时候有人误传文征明原名璧（从玉），还加了一个故事，说因为宋末伟人文天祥抗敌被执，不屈而死，其子名璧（从玉），出仕元朝。文征明耻与同名，才以字行。按：文征明二十多岁时，即以文章得名，受到老辈重视，并与同时名流文人订交，不应直到四十多岁才知道那个仕于元朝的文璧。即使果真知道得不早，但也会懂得土做的墙壁和玉做的拱璧不是同样的东西。可以说是避所不必避，改所不必改。于是出现了许多玉璧名款的文氏书画。又有人说两种写法名款的作品都是真迹，岂非咄咄怪事！清代同治时吴县叶廷琯撰《鸥陂渔话》卷一有一条题为《文衡山旧名》，详细考证文氏弟兄之名是星宿名的字，是土壁而非玉璧。此书流行版本很多，并不稀见。

清光绪时苏州顾文彬把所藏的法书刻成《过云楼帖》，第八册中节刻了文氏小楷所写《落花诗》。原卷计有沈氏诗三十首，文氏与徐祯卿、吕各十首，共六十首。顾氏刻时刻了沈、文诗各十首和文氏一跋，见顾氏附刻的自书短跋。这二十首诗和一跋中，文氏自书名字处，都是从玉的璧。奇怪的是顾氏与叶氏同是苏州人（顾元和、叶吴县）时代又极接近，似乎未见叶氏的书，或是不承认叶氏的说法，或者他就是"二者都真"论的创始人。

刘氏虚白斋藏的这卷，次序是：沈周十首、文壁十首、徐祯卿十首、沈周十首、吕岜十首、沈周十首、文壁一跋。其中文氏署名处凡五见，沈诗首唱十首后，文氏和答十首，题下署名文，那个土字中间一竖写得微短，遂给"玉璧说"者留下了空子，在土字上边挤着添了一小横，总算符合"玉璧说"了，谁知此人性子太急，见了土字就加小横，却没料到，文氏跋中还有四个壁字，那些土字都写得紧靠上

边的口字，竟自无处下手去添那一小横，只成一玉四土，即投票选举，也不能不承认土字胜利了。不知何故，文氏未钤印章，于是"玉璧说"者又得机会，加盖了"文璧（从玉）印"和"衡山"两方假印。"文璧印"从玉自然不真，"衡山"印和真印校对也不相符。这两处蛇足，究竟无损于真迹。

文征明自己精楷所录的这卷师友诗篇，何以末尾不盖印章？这有两种可能：一是写成后还未盖印就被别人拿走了；二是自己感觉有不足处，再为重写，这卷暂置一旁，所以未盖印章。我作第二个推测的理由是，文征明学画于沈周，学文于吴宽，学书于李应祯①，每谈到这三位老师时，总是说"我家沈先生、我家吴先生、我家李先生"（见何良俊《四友斋丛说》）。这卷中徐祯卿、吕的诗题中都称"石田先生②"，而文氏自己的十首诗题却只题"和答石田落花十首"，分明是写漏了"先生"二字。又最后一首诗第三句"感旧最闻前度（客）"，写漏了"客"字，补写在最末句之下。文氏真迹中添注漏字、误字处极少，可见他下笔时的谨严。任何人录写诗文，不可能绝无错字漏字时，所以没有的，只是不把有错漏字的拿出来而已。这类事如在其他文人手下，本算不了什么问题，而在平生拘谨又极尊师的文征明先生来说，便应算是一件大事。所以写完了一卷，不忍弃去，又不愿算它是"正本"，便不盖印章。窃谓如此猜测，情理应该不远，不但虚白斋主人可能点头，即文氏有知，也会嘉奖我能深体他尊师的夙志！

---

① 李应祯：明代书法家。字贞伯，号范庵，长洲（今江苏苏州）人。景泰四年举人，以擅长书法选授中书舍人，官至南京太仆寺少卿。工书法，善楷、行、草、隶诸体，自成一家。

② 石田先生：沈周，号石田。

郑板桥《一剪梅》词

郑板桥像

　　文人一生心血，只在故纸一堆，其幸者获传，不幸则湮没。更有虽得流传，而横遭窜改，后生嗤点，沉冤莫雪，其不幸则有甚于湮没者。故文人常珍重其稿，不啻第二生命者，诚有以也。太史公欲藏之名山，传之其人；白乐天欲分存诸寺，其情亦可悲矣。

　　有清文人，如王渔洋有"爱好"之评，其《精华录》实为自订之本，而托名门下士所选，久成公开之秘密。最奇者唯郑板桥，既自写刻其集，复于自序之后，郑重声明："死后如有托名翻版，将平生无聊应酬之作改窜烂入，吾必为厉鬼以击其脑。"读之令人发笑。夫改窜固可恨，但应酬之作果出己手，又何至如此可怕。且吾所见其题画之诗，尽有佳作，非尽无聊也。颇疑必于惧遭窜改之外，尚或别有故焉。

咬定青山不放鬆，立根原在亂巖中。千磨萬擊還堅勁，任爾東西南北風。

孟氏年學兄長兄教 板橋鄭燮

[清] 郑燮
《竹石图》
现藏南京博物院

　　偶翻《壮陶阁书画录》^①，见有板桥题所画兰竹菊花帐额词，调寄《一剪梅》。词曰："一幅齐纨七尺长，不画春芳，不画秋芳，写来蕙草意飘扬，恍在潇湘，又在沅江。红罗斗帐挂深堂，月夜流光，雨气新凉，薄衾翠簟拥韦娘，帐里花香，帐外花香。"因大笑而录之。自此见板桥佳作，辄随手抄存，他日成册，当颜^②之曰"击脑集"。拌出我的天灵盖，为板桥收拾其当时一切不能不吐而又不便自存之作，以安其心魂，板桥果自有知而能来击脑，或亦将放下敲棒而会心默许乎？

---

① 《壮陶阁书画录》：书画著录集，又名《龙珠宝藏》，裴景福编。著录历代名迹多为清内府藏品。裴景福，字伯谦，室名壮陶阁。安徽霍邱人。好吟诗，喜收藏鉴赏。

② 颜：指题字于匾额或书籍封面上。

《东海渔歌》书后

奕绘拈毫小照

论有清填词大家者，首推纳兰成德，稍降则推夫人①。夫人所作，诚如唐人所谓"传之乐章，布在人口"者。前无逊于容若，更上居然足以追配李易安而无忝，非以闺秀作家率蒙不虞之誉者也。

夫人讳春，字太清，文端公鄂尔泰之曾孙女，姓西林觉罗氏。事多罗贝勒奕绘字子章号太素者为侧室，其后即正。吾获见夫人裔孙次第卓然有所建树于学术之林，搜已坠之绝绪，振民族之光辉。若袭公爵恒煦字纪鹏，精满文，且深研女真古文字，为今之绝学，功所曾奉手之宗老也。其子启孮字麓漴，世其家学，为今治满蒙史及女真古文字之重望，知其来固有自也。

太素为荣纯亲王永琪之孙，荣恪郡王绵亿之子，娶夫人之堂姑

---

① 夫人：此处指顾太清，清代女词人。时有"男中成容若（纳兰性德），女中太清春（顾太清）"之评。有词集《东海渔歌》。

为嫡配。夫人之祖鄂昌，以胡中藻诗案 ① 赐帛，其家遂落，夫人依姑为媵（ying）②。太素暨嫡夫人后先即世，家室龃龉，腾以蜚语，夫人遂率所出，析居邸外。其子若 ③ 孙虽相继袭爵，显于当时，而夫人平生之崎岖困踬（zhì），亦足见矣。

蜚语之甚者，如指龚自珍集中游冶之作，以为与夫人投赠之笺。冒鹤亭先生广生，曾以语曾孟朴，孟朴著《孽海花》小说，遂以鄙亵之语，形诸卷端。无论其事曾氏无从得知，即冒翁又何从而目遇？自今言之，律许再嫁，早有明文，恋爱则更无关禁令。辨李清照未尝改嫁者，世多以为封建意识而讥之，而必证以确曾改嫁者，不外以为才女不贞，其用意又独非封建意识乎？且改嫁与否，何预他人之事，又何损其词之光焰乎？昔日俗谚云："女子无才便是德。"一若女子有才必无德。无德之行多端，又必曲证其淫，至于公然捏造而不惜。此男子之无德，又岂在改嫁淫奔之下乎？太清夫人幼遭家难，长居簉（zào）室 ④，晚遭蜚语，竟为不幸所丛。岂真有如昔人寓慨者所谓天意将以玉成其为词人者乎？吾于昔时闺阁将谓"女子无才即是福"矣！冒翁于抗战期间著《孽海花人物志》，自称悔以蜚语语曾氏，并责曾氏之凭空点染为无据。见当时上海刊行之《古今》杂志。而曾书流传，冒书不显，谓为蜚语之腾，至今未烬。而夫人之不幸，至今未已，亦无不可。

有清筚路之初，于婚姻行辈，无所拘忌。无论侄为姑媵，即再

---

① 胡中藻诗案：清代一起文字狱。胡中藻，江西新建人，雍正宠臣鄂尔泰门生。乾隆帝将其诗作"一把心肠论浊清"等句，定性诋毁，将其处死。鄂尔泰侄鄂昌因与之唱和，被责令自尽。

② 媵：古代指随嫁，亦指随嫁的人。

③ 若：和。

④ 簉室：旧时对妾的称呼。

顾太清像

隔辈次，亦非所禁，此少数民族未染宋儒陋见者。世迨叔季，忌讳遂多。《星源集庆》于奕绘名下注："侧室顾氏"，顾某某之女。此顾某乃荣邸之庄头，盖以冒之报档子者，或以避获罪者后裔之故。世遂传讹谓夫人为顾八代①之后，无足辨也。

又旗下人之哈喇，汉译"姓"也，故多属所居部落，实类中原所谓地望。但在清世，非但世俗交往中不以加之名上，即正式官籍所注，亦常只出旗分，而不出哈喇。乾隆时有人以西林代郡望以称鄂尔泰，曰鄂西林，此偶然一例而已。近世人于夫人名字曰顾太清，或曰太清春，皆非其实。称西林春，亦似是而非。然夫人自署本名，迄未一见。

纪鹏宗叔曾以夫人听雪图小像摄影见赐，夫人头绾真发两把头髻，衣上罩以长背心，俱道咸便装旧式，惜其图后题跋无存。今经浩劫，并前图亦无从再觅矣。

又曾见恽南田②画花卉册，逐页画上有太素与夫人题句。太素用浓墨，夫人用淡墨。谛观之，淡墨亦太素所书，特略变笔势，运以淡墨以示别。知夫人于八法似未谙熟，或以直书南田画上，未免踌躇耳。李易安记归来堂中读书观画，独未及笔砚之事。如此变体代书之佳话，亦足补前贤故实之所未备。又赵明诚以自作杂易安词中，而不能掩"人比黄花瘦"句，为古今之所艳传。今读太素之《南谷樵唱》，视夫人之《东海渔歌》，亦有若德父之于易安者。南谷为太素先茔所在之地，东海或以借指渤海，唯辞取偶俪，义抑其次。而唱随之乐，角胜之情，使小子于百年而下，尚油然起景慕之心者，

① 顾八代：字文起，伊尔根觉罗氏，满洲镶黄旗人。康熙时任翰林学士、礼部尚书。

② 恽南田：恽寿平，清代画家。字寿叔，别号南田，江苏武进（今江苏常州武进）人。工山水，花卉多作骨法，重视写生，创常州派（恽派），名列"清六家"之一。

[清] 恽寿平《百花图卷》（局部）
现藏美国大都会艺术博物馆

岂偶然哉！

　　有清亲王、郡王之配称福晋，贝勒以下之配称夫人。福晋本汉语夫人译音之微讹，特以志等威之差，其后五等俱称福晋者，谀也。今记旧事，于有关诸辞，具存史实，读者鉴焉。

折叠喝火令

[清] 顾太清

　　己亥惊蛰后一日，雪中访云林，归途雪已深矣，遂题小词，书于灯下。

　　久别情尤热，交深语更繁。故人留我饮芳樽，已到鸦栖时候，窗影渐黄昏。

　　拂面东风冷，漫天春雪翻。醉归不怕闭城门，一路琼瑶，一路没车痕，一路远山近树，妆点玉乾坤。

高且园先生诗

高且园①翁以指画得名，其诗其书，俱为画掩。曾见其在松潘作画题诗，隐约当时军政之窳（yǔ），可知其政绩不传者更多矣。

每见其诗多郁勃有奇气，顾生平事迹，卒不可详。余每病其后人但辑指头画说，而不撰事状，殆有所讳忌者耳。

近见自书一帧，为绝句一首云：

> 云色一家吞海岳，雨声百万走雄兵。
>
> 客途此际谁安意，秃干无风鸟不惊。

尾书"题画"，款署"且园"。可见此绝盖其得意之作也。味此诗意，似仍是讽捍边大吏之贪墨而败者。秃干之鸟，岂其自况耶？

---

① 高且园：高其佩，清代画家。字韦之，号且园，铁岭人，汉军镶黄旗。雍正时官至刑部侍郎、汉军都统，因过革职。善画，人物、山水花鸟、鱼虫、鸟兽，信手而得，四方重之，尤擅指画。

[清] 高其佩指画《白马·竹溪·舞鹤·黄葵》
现藏美国纳尔逊－阿特金斯艺术博物馆

汉语的诗歌像是七巧板，
又如积木。
把汉语的一个字一个字拼起来，
就成了诗的句子。

辑三

从读诗到作诗

楚江微雨暮烟空淡墨潛移造化功誰識無絃琴
上曲香光衣鉢繼南宮　昔見思翁九峰春霽圖卷有
眉公跋云米家畫在似山非山之閒思翁畫在似米非米
之於是思翁精詣兩言頓畫持此義以鑑董畫則不啻
親見其會毫潑墨揮灑淋漓之樂也功淺嘗六法仰
止華亭謬蒙　叔存先生賞譽以為可與言畫出此卷
命題觀其幽淡沖夷密合眉公之論且兼有倪黃勝概
把玩臨摹忽逾一月敬題卷後以誌墨緣
甲申花朝後學啟功書於燕市寓廬

汉语诗歌的构成和发展

　　这个问题包含的内容较多，谈起来，不是简短的篇章所能详尽。去年在校内作过一次普及性的"学术讲演"，经学友们从录音写成文字，又增加了一层隔阂。承友人为刊物索稿，顺便就拿去发表了。拙稿不但内容不成熟，还加上许多词不达意处，是我非常抱歉的。现在重新把积年所学、所想、所讲过的一些拙见，从头写出，求教于敬爱的读者，希望惠予教正！

一、汉语、汉字与中华文化

　　中华民族是很长历史时间中陆续融合了许多兄弟民族而形成的伟大民族，她的文化是以中原华夏汉民族为中心，又随时融合着兄弟民族相适应的文化而成的中国文化。这个文化中，以汉语、汉文为中心，以地区论，不但仍有各个少数民族的语言文字，即使绝大部分使用汉文、汉语的地区，还有地方方音的差异。由于种种进步的条件，不但少数民族中逐渐有人习用汉文、汉语，而各个方音、方言地区的人，也逐渐习用标准汉语(旧称"国语"，今称"普通话")。这是中华民族广大地区的语音、语言融汇、团聚的可喜现象。

二、汉字与诗歌的声律

中华民族文化的最中心部分——汉语（包括语音）和汉文字，自殷商至今有过许多的变化，但其中一条是未变或曾变也不大的，就是一个文字表示一个记录事物的"词"，只用一个音节。无论其中可有几个音素，当它代表一个词时，那些音素必是融合成为一个音节的。有人推测古代有复辅音（如古代"笔"称"不律"），或今日也有某些特殊的复合音的词（如"孔"称"窟窿"），但绝不是中古以后大部分汉语的普遍现象，这里不论。汉语既是一字即一音，一音即一词，这就使得汉语的语句和它所表达的思想，可以长短、伸缩、繁简、正反……自由变换。随时随处加入、撤出某个词，即使句义全变，句子仍然成立。这是字、词、句的句形、句义的灵活性，也是它的优越处。

不单这一项，还有每一个字（词）的发音都有几个声调，最普通的分成平、上、去、入四调（考古音的说古代只有三调，但今天无法直接确证），而各方音地区又有八声（调）、九声、十声等地方特殊声调。元代以来北方语音中入声已失（从曲词中所表现和当时当地的韵书记载，实际口语中可能隋唐时期北方人的入声已有变化）。

这在前边所谈字数伸缩影响句义的问题之外，但字有四声使得字（词）句灵活性之外又加入了音调高低的变化，由于一字（词）的声调变化，也表示了词义（以至词性）的变化，在艺术性的语言中（诗歌、词曲等），以及特定用途的语句中，增加了它们的美丽性。

总之，汉字的字（词）不但在数目增减上有活跃性，而且在音调上具有抑扬的灵活性。二者相乘，使得普通的表意的汉语和美化的艺用的汉语，平添了若干倍的功能。诗歌词曲离不开声调高低，这是易见的，即使日常口语中声调的抑扬，也表现谈话的情绪，又较韵书中四声的固定范围更为宽泛。

这好比玩具七巧板和积木，移动变化可成各种形象，又给它们涂上颜色，在儿童手中已是极其可爱的玩具了。谁知汉语的字（词）、句的表义作用之外，还有声调美化的功能。我们了解了汉语构成的各项零件的特殊功能之后，进而探讨汉语诗歌的特点，就不难迎刃而解了。

汉字是单音节而且有声调高矮的变化，这就影响汉语诗歌语法的构造。我常说汉语的诗歌像是七巧板，又如积木。把汉语的一个字一个字拼起来，就成了诗的句子。积木的背面是有颜色的，摆的时候照着颜色块的变化来。由单字拼合成诗句，它也有个"颜色"问题，就是声调的变化，汉语诗歌特别重视平仄、高矮，高矮相间，如同颜色的斑斓，这样拼成的诗句才好听，才优美。所以要谈汉语构成，先得说汉字，先得说汉字的声调。高高矮矮、抑抑扬扬的汉语诗歌是有音乐性的，诗句的音乐性正来自单字的音乐性。这是首先要明确与注意的。

注意到汉字有四声，大概是汉魏时期的事。《世说新语》里说王仲宣[①]死了，为他送葬的人因为死者生前喜欢驴叫，于是大家就大声学驴叫。为什么要学驴叫？我发现，驴有四声。这驴叫有 ēng、

---

① 王仲宣：王粲，三国文学家。字仲宣，山阳高平人。"建安七子"之一，以诗赋见长。

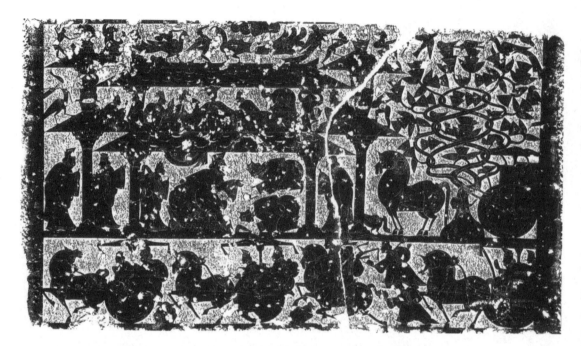

[东汉] 宋山小石祠后壁画像石《祠主受祭图》拓本
山东嘉祥县满硐乡宋山村出土

ěng、èng，正好是平、上、去，它还有一种叫是"打响鼻"，就像是入声了。王仲宣活着的时候为什么爱听驴叫？大概就是那时候发现了字有四声，驴的叫声也像人说话的声调。后来我还听王力先生讲起陆志韦先生也有这样的说法。还有一个问题，就是入声字在北方话里消失。入声字都有一个尾音，如"国"，入声读 gok。有人说是后来把那个尾音丢了，所以北方没有入声字。其实不是。北方没有入声字，是读的时候把元音读长了，拉长了一读，就成了 gók 了。我认为这就是"入派三声"的原因。

汉字有声调，于是诗歌有平仄，不过就汉语诗歌的声律而言，单从字的调说还不行。五言诗有"仄仄平平仄"等平仄句式，七言诗有"平平仄仄平平仄"等句式，我们看五个字或七个字拼成的诗句，一句中多数的字，是两个平声字在一起、两个仄声字在一起，成为一个个的小音节。我在《诗文声律论稿》那一篇文章里，曾经说到"平仄长竿"的问题，平平仄仄平平仄仄交替进行反复无穷，犹如竹子的节，五言、七言的各种平仄基本句式，都是从这条长竿儿上任意截取出来的。

那本小册子出版后，不少喜欢古体诗的朋友对我说，"平仄长竿"很说明问题，问我：从哪里想出来的呢？是啊，以前我也在想这个问题：为什么汉语的诗句要"平平仄仄平"呢？我请教语言学家，请教心理学家，都没有明确答案。有一回我坐火车，那时还是蒸汽机车头，坐在那里反复听着"突突""突突"的声音，一前一后，一轻一重。当时我有一位邻居乔东君先生，是位作曲家。我向他请教这个问题，他说，火车的响声，本无所谓轻重，也不是两两一组，一高一低，这些都是人的耳朵听出来的感觉，是人心理的印象。人的喘息不可能一高一低，而是两高两低才能缓得过气来。这一下子使我找到了"平仄长竿"的规律：汉字的音节在长竿中平平仄仄重叠，人才喘得过气来。讲这个故事说明什么呢？说明在口语中，一个字的词或句子并不多，两个字的词或句自古即是很多的，因为那样容易合乎某些生理规律。单双字词相间，形成汉语诗歌的格律，如果是多音节，恐怕就不会是这样了。

三、汉语诗歌的句式

汉语的诗歌里，句子的形式从一个单字到若干字的都有。一个字往往不成一句，但在一句诗开始的时候，常常有一个字，叫领字，词里头很多。比如柳永那首《雨霖铃》"对潇潇暮雨洒江天，一番洗清秋"，其中的"对"字，就是一个领字。两个字的诗句也不少，如《诗经》的《鱼丽》那一首，"鱼丽（lí）于罶（liǔ），鲿鲨"[①]，以后两个字的句子更多，词里的《如梦令》"如梦，如梦""知否，知否"皆是。三言诗句起源也很早，《诗经》"江有汜，不我以"就是，汉代的郊祀歌里也有一些。四字句的诗大家都很熟悉，《诗经》主要的句式就是四言。四言进至五言，就很有意思。四个字一句，形式上是方的，"关关雎鸠"，"关关""雎鸠"是两个字两个字的。一是内容表达上不太够，另外也显得不够灵活，有些死板。加上一个字，一句中就有单字有双字，富于变化了。"好雨——知——时节，当春——乃——发生"，读来既流动又舒缓，活跃多了。五言诗也是在《诗经》里就有，但还没有全篇都是五言的作品，汉魏以后，就成了汉语诗歌的主要形式之一。

就汉语诗歌的发展情况而言，一言、二言、三言及四言，都不是主流形式，六言也是如此。六言也早已有之，唐宋以来的诗人就作了不少六言诗，比如王安石的诗："柳叶鸣蜩绿暗，荷花落日红酣。三十六陂春水，白头相见江南。"但总的来说，六言占的比重还是很少。七言诗和五言诗一样，是主要形式。还有八言，对联八个字的不少，但作八言诗的就很少。为什么？实际上八言就是两个四言，还是四言诗，所以名副其实的八言诗不好作，也就很少。九言诗作的人也少，因为九言也容易成为四言加五言，费力不讨好。九言以上的诗反而多些。我也试着作九言以上的诗，有一首《赌赢歌》，编在我那本《絮

王安石像

[①] 《鱼丽》为周代燕飨宾客的乐歌。丽，同"罹"，遭遇。罶，捕鱼工具。鲿，毛鲿鱼。鲨，似鲫而小。

语》里，有人对我说起它时，我说那不是诗，是"数来宝"。文人一般是不作这个的。

上面讲诗的语言是从少往多里讲，还有一种情况是汉语的诗句可以随便去掉字，往少里变。有一个笑话，杜牧诗"清明时节雨纷纷，路上行人欲断魂。借问酒家何处有，牧童遥指杏花村"，有人说每句的头两个字是废话，可删，于是变成了"时节雨纷纷，行人欲断魂。酒家何处有，遥指杏花村"。有人又说还可以减掉前边的两个字，就成了"雨纷纷，欲断魂。何处有，杏花村"。有人还嫌多余，再删，最后就剩下"雨，魂。有，村"了。这虽是笑话，有些强词夺理，但也说明，汉语诗歌的句式可以拉长也可以缩短，长短自由。

另外，我在《汉语现象论丛》中，曾举李商隐《锦瑟》为例，说明诗的语句中，修辞的意味要大于语法的意味。像杜牧的"清明时节雨纷纷"等四句，若不是从修辞的角度看，而是从语法角度去看，那也真像是"废话"了。可是诗歌正是由修辞来达到营造意境的效果的。汉字的单字特征，实际正影响着汉语诗歌语句的长短自由。

四、对偶和用典

对偶也是汉语特有的修辞手法，汉语诗歌的一个重要特点就是对偶。什么是对偶呢？它的特点是上句几个字，下句还是几个字。二十世纪初胡适等人写《文学改良刍议》，主张不用对偶、不用典。《文学改良刍议》代表了当时许多学者的意见，得到人们拥护。大家多作白话文，是大势所趋。可是古代文学里对偶和用典，却是普遍现象，不能不理它。而且至今作古体诗词的人还不少，今天的报纸杂志里，也常见古体诗词发表。研究一下对偶和用典还是有必要的。

[元]赵孟頫《老子道德经》（局部）
现藏故宫博物院

　　对偶在汉语诗歌里出现，其实是很自然的。为什么形成对偶，我也总是在想。对偶现象，自然界都有。人和动物都有一个鼻子、两只眼睛，脑袋旁边两只耳朵，躯干边上两条腿、两只手，禽类有两只翅膀，都是对偶。植物中，一根枝条上的叶子往往是两两相对，一片叶子的叶脉也是左边一个右边一个。可是这些都不能直接说明汉语里为何有对偶。外国人、外国的自然界，也到处存在对称，为什么外国的语言、诗歌里就没有这种对偶现象呢？我的想法，首先，是汉字有这个便利。单音节而且字与字的空间整齐，它就可以追求对称的整齐效果。如果是拼音文字，多音节而且字母多少也不统一，就难说有这个条件了。其次，我们的口语里有时说一句不够，很自然地再加一句，为的是表达周到。如："你喝茶不喝？""这茶是凉是热？""你是喝红茶还是喝绿茶？"表示是多方面地想到了。还有叮咛，说一句怕对方记不住。如说"明天有工夫就来，要是没空儿我们就改日子"。这类内容很自然就形成对偶。对偶原来也不是那么严格，后来到了文人作文章，就出现了很仔细的对偶。

对偶在中国的诗歌、文章里早就出现了。《诗经》《周易》《老子》《论语》等典籍里早就有。例如，《老子》第一章："道可道，非常道；名可名，非常名。"《论语》："有朋自远方来，不亦乐乎？人不知而不愠，不亦君子乎？"等等都是。自有汉语文章，就有了对偶。究竟是汉语的什么特性决定了这种情况的出现，虽然我上面也推测了一些，但还觉得不够透彻，值得进一步思考。

《红楼梦》里写黛玉教香菱作诗，说"实字对虚字，虚字对实字"，这是书印错了。应该是"实字对实字，虚字对虚字"。古代词的分类，只有虚、实两类，不像今天名词、动词、形容词、介词等分得那么细。我曾在《汉语现象论丛》中举过一个例子"秋千庭院人初下，春半园林酒正中"。"秋千"实际是个名词，就是秋千，一种体育和游戏的用具。这里用同音假借的办法和"春半"相对，是以实作虚。古代因词类只分虚、实，可以用这种灵活的手法。还有王维的诗句"山中一夜雨，树杪百重泉"。"一夜"，宋代的本子作"一半"。我们觉得"一夜"很自然，"一半"就不那么自然，所以怀疑"一半"

是版本错误，其实不见得。"一半"对"百重"都是数目，对得很巧，但不如"一夜"自然。到这时对偶就苛求得厉害了，也就开始妨碍内容的表达了。

古体格律诗一般八句，首尾两句可以对仗，也可以不对仗，中间四句必须是两两相对的偶句，这样的句法分布有人称之为"宫灯体"，也有人叫它"乌龟体"。过去有一种灯，上边一个提绳，下边一个穗子，中间是四个柱子，装上绢或玻璃，里面点上蜡烛就是灯。格律诗首尾两句不对偶，相当于上面的绳和下面的穗，中间两两相对的四句，就像四根柱子。说它像乌龟，也是说它们形状上的相类。前面我说过口语中有对偶性的句子，进一步说，这种宫灯体的诗歌句法，在古代的骈文、散文中就大量地存在。例如，《论语》里这样的句子："士不可以不弘毅，任重而道远，仁以为己任，不亦重乎？死而后已，不亦远乎？"在这几个句子里，前面两句是单行句，后面的四个句子"仁以为己任，不亦重乎"一组，是对"任重"的具体解释，"死而后已，不亦远乎"一组是对"道远"的具体解释。这解释的两组，实际就是偶句的上句和下句的关系。进而刘禹锡的《陋室铭》中，一两个单句后面跟的偶句上下句常常不是一对，而是两对，就形成这样的形式：

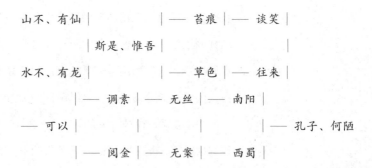

更明了的表示就是：

```
        | — ③ | — ⑤ |
① — ② |      |      | — ⑦ — ⑧
        | — ④ | — ⑥ |
```

这也正好是格律诗的基本形式。由此看来，格律诗的宫灯体句法格式，也有它的根据，是从一般语言里凝练出来的，不是文人们任意编排出来的。

下面说用典。在《文学改良刍议》里，还提到要废除用典。典故多了或生僻了，不好懂，废除这样的用典，作文章、写诗绝对不用，这可以。不过有些用典，却不是这么简单。有的典是以往已成的故事，一件事情。再提到它时，它无形中就成了一个典。比如有人问我，今天你到哪儿去了？我说我到演播室。演播室是什么？是个名称，是演播的地方。这演播室谁也用不着解释离主楼多远，离宿舍多远，它在哪里，生活在师大校内的人，一说就明白，无形中就是一个典。这是广义的典故，实际上典故的情况非常复杂、多样。那么从前的人，很长的一个故事，是一个典故，从一个角度加以概括，就是一个词。这个词，就是一个信号。这个信号可以帮助作诗作文的人省略许多话，用少量的字一说，读者就知道了。所以文章、诗歌里边，常常用一些信号，增加表达的效率，就是用典的来历。特别是诗歌，它不像散文，篇章句子长短不受限制。它又要表达得丰富、完整，用典便是压缩语用词的必然结果，因为它能传达许多信息。

宋朝人有一首诗："芳草西池路，柴荆三四家。偶然骑款段，随意入桃花。"这首诗不但用了典，还压缩了许多词。"西池"是指宋

[北宋]张择端（传）
《金明池争标图》
现藏天津博物馆

朝的金明池，它在汴京之西，所以简称西池。"款段"是指走得很慢的马，是用东汉马援的典。马援南征交趾立了功，有人毁谤他贪污，他说还不如从前做个老百姓，骑一匹走不动的马，随意到处游览。桃花即指桃花林，骑马的人怎能钻入桃花呢？它是压缩辞藻。有些诗歌经过传唱也成了典故、信号。如王维的《渭城曲》，因为里头有"西出阳关无故人"，"阳关"也就成了送别的信号。

明代有一部戏叫《紫钗记》，其中有两折，一折叫《折柳》，一折叫《阳关》。"阳关"就用的送人西行走出边关的典故，"折柳"也是一个常见的送行的典故。这样一看两折戏的题目，就知道是要演送别故事了。

可见用典与诗歌语言的表达实在有很多的关系。并不是说我坚决保护用典，因为典故在诗文中确有它的某些作用。李商隐有一首诗《锦瑟》，里边的用典让文学改良的学者们深恶痛绝地反对，可这不一定要作者负责，而是要某些解释者负责的。对这首诗歌穿凿附会的解释多极了。几十年前我见一位教授作过一本书，长篇大论地说李商隐的诗纪念的都是他的恋爱故事。单"锦瑟"两个字，就写了很多。怎么解释的呢？说是有一位大官，他家一位丫鬟叫锦瑟，李商隐爱她。"锦瑟无端五十弦"，有人说这句不是说李商隐自己，因为他只活了四十九岁，这应该指那个丫鬟，她五十岁了。试问李商隐在四十九岁之前还与五十岁的女子相恋，这不是笑话吗？

在拙作《古代诗歌、骈文的语法问题》（见《汉语现象论丛》）中，我说过，这首诗，实际只是自己说这半辈子有如一梦，有心，有泪，有热情而已，是诗人对自己生活经历的回顾。用庄子梦蝴蝶的典是说一生如梦，望帝杜鹃是表示自己的心，什么样的心呢？热切的心，犹如蓝田之玉，在太阳照耀下生烟。沧海明珠则表示泪。一生空怀

[北宋] 赵佶《柳鸦芦雁图》
现藏故宫博物院

热心，空流热泪，是早就想到了的。把那些典故说开了，就这么简单，可若没有了那些典故，也就没有这首诗了。可见，典故具有装饰效果，也就是修辞作用，它们能把作者的内心很有效率地表现出来。所以说这首诗难懂不能单由作者负责，解释者先存了个爱情的主见，再去穿凿附会，解释得乱七八糟，这也有责任。

这样的情形也不限于古诗的用典。比如《尚书·尧典》，一开始就写着"曰若稽古帝尧"，分明表示是口耳相传之说。可后代就有一些人，还要考证说后边的"曰若稽古帝舜"是假的。我这里不是替典故做广告，说典故废不得，我是说典故原来也有它的用处。

五、汉语诗歌的押韵

汉语诗歌构成还有一个问题是押韵、韵脚。韵脚本来是很自然的。《古弹歌》"断竹，续竹，飞土，逐肉"。"竹"和"肉"古代同韵。《诗经》"关关雎鸠，在河之洲。窈窕淑女，君子好逑"。"鸠""洲""逑"都是韵脚。押韵，北方人叫合辙，还有所谓十三道辙，另外有几个儿化的小辙。我很怀疑这"辙"字就是"韵摄"的"摄"。韵摄就是把许多相近的韵合在一起，而北方的辙也是把一些韵合起来。诗歌有韵，为什么？有作用，听起来容易记，传播上有好处。更早的不知道，清朝的告示，都是带韵脚的，念起来合辙押韵，好记。

最有意思的是幼儿园小朋友跳皮筋，边跳边唱："小皮球，香蕉梨，马兰开花二十一。"好记好听，老师叫他们跳皮筋就爱学爱跳。所以说押韵有一种作用，帮助记忆，帮助流传。《左传》上有两句话，"言之无文，行而不远"。这个"文"字，不是"文言文"的那个文，文在古代有如今天说花纹、图案的意思；说话句子的长短，声调的抑

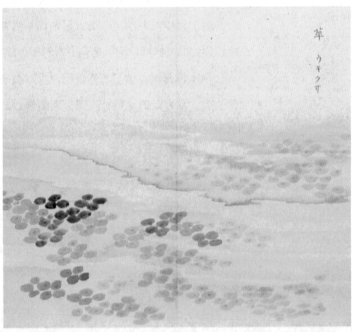

［日本·江户时代］细井徇
《诗经名物图解》（局部）
现藏日本国立国会图书馆

——

《诗经·国风·周南·关雎》：

关关雎鸠，在河之洲。窈窕淑女，君子好逑。
参差荇菜，左右流之。窈窕淑女，寤寐求之。

扬，都是"文"。说出来的话押韵，就好记，就流传得远，所以歌谣、告示都是用韵的。不过我所说的韵，不是古人编成韵书的那个韵。古代的韵书，陆法言的《切韵》，后来又有《唐韵》，宋代的《广韵》。《广韵》共206部，后来有《礼部韵略》是107部。到清代的《佩文诗韵》是106部。陆法言等八位学者合编的《切韵》，是因为南北各地的方音不统一，他们把它统一起来，成为统一的读书音。并不是要作诗文的人都按着《切韵》各部来押韵。

在拙作一本诗稿《启功韵语集》的序中提到：《切韵》序（载在《广韵》卷首）说："欲广文路，自可清浊相通；若赏知音，即须轻重有异。"怎么叫作"清浊"？按："东韵"中的"东"字是清音，"同"字是浊音。这两个字既同在一个韵部中，作诗文的人把这二字押在一首诗中，自然天经地义，为什么说它们皆通呢？可见不是指一部中清浊声的字可以通押，而是指韵部的清浊可以通押，即指甲韵部与乙韵部可以通押而已。这就是金代平水刘渊刻的《礼部韵略》、清代创立的《佩文诗韵》把许多古韵部合成一部的根据。

南宋杨万里、魏了翁都曾明白反对在平常吟咏中也一定押《礼部韵》。罗大经的《鹤林玉露》丙编卷六记载这两位诗人的意见。杨说："今之《礼部韵》是限制士子程文，不许出韵，因难以见其工耳。至于吟咏情性，当以《国风》《离骚》为法（《诗经》《楚辞》时还没有韵书），又奚《礼部韵》之拘哉！"魏亦云："除科举之外，闲赋之诗，不必一一以韵为较，况今所较者，特《礼部韵》耳。"我们看《杨诚斋诗集》中所押韵脚非常自由，可见他是说到做到了的！

我们今天行事，处处革新，唯有作诗，还拘古代的韵部，难道不怕杨魏诸贤笑话吗？

刘渊似是一个假托名，代指女真族建立的金朝，山西平水是金代主要刻书地点。

六、汉语诗歌的发展

现在谈谈汉语诗歌的发展问题。

从唐诗到宋词是发展，从宋词到元曲也是发展，可以说大鼓书、皮黄戏的唱词也是汉语诗歌的发展。其实，唐代的七言绝句是唱的。薛用弱的笔记小说《集异记》，记载着"旗亭画壁"的故事，说有歌女唱王之涣的"黄河远上白云间"。有人曾怀疑这诗不是王之涣作的，现在王之涣的墓志铭出土了，铭文上说王之涣的诗"皎兮极关山明月之思，萧兮得易水寒风之声，传之乐章，布在人口"。可证《集异记》所记不是没有根据的，也可见当时七言绝句是唱的。后来，有小令的词，到了元朝就有曲子，这曲子是一个牌子一个牌子的，也都是词的变相。然后一直到明、清的传奇，如《琵琶记》《牡丹亭》和《长生殿》等，都有成套的唱词。一直到民间的大鼓书、皮黄戏，乃至快板书、数来宝等，都是有唱词的，就都可以看作汉语诗歌的发展。汉语的诗歌在唐诗、宋词之后不是就都定死了，而是又发展了若干次。清朝中叶以后有一种子弟书，很有诗的趣味。子弟书的作者没有很深的文化素养，但很懂一点古典诗歌的特点。我写过一篇讲子弟书的文章，这东西现在没人唱了，但歌词还流传着。

汉语诗歌不是没变化，到现在还在变化。比如南方的评弹篇幅很长，一本一本的，都是南方的方言，唱时伴奏有弹弦子的，有弹琵琶的。这也都是汉语诗歌的发展。

谈诗的发展，一般人们注意内容的变化，意境的变化。我这里要谈的发展，却是诗歌构成要素，或说是形式的变化。看一看汉语诗歌在发展时，哪些要素是易变的，哪些要素是相对稳定的。上述

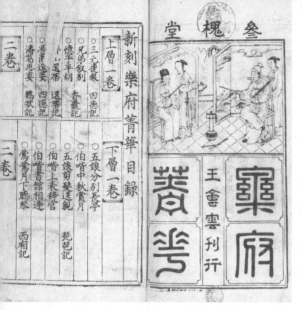

[明] 刘君锡辑《新锲梨园摘锦乐府菁华》
明万历书林三槐堂王会云刊本
现藏英国牛津大学博德利图书馆

诗歌的多次变化，有一点是不变的，那就是都有韵辙。无论是唐诗、宋词，还是大鼓书、皮黄戏，都合辙押韵。我在《诗文声律论稿》中，曾指出这样的现象：无论是五言句还是七言句，在平仄的讲究上，都有上宽下严的特征。在元曲、传奇戏的唱词里，也有同样的倾向。例如，马致远《汉宫秋》，写汉元帝思念王昭君："不思量，除是铁心肠。铁心肠，也愁泪滴千行。美人图今夜挂昭阳，我那里供养，便是我高烧银烛照红妆。"前面是散句，最后却落在"高烧银烛照红妆"这样一个押韵的律句上。更典型的是关汉卿那首《南吕一枝花套·不伏老》："我却是蒸不烂煮不熟捶不扁炒不爆响当当一粒铜豌豆。"前面说了许多散句，最后落在"一粒铜豌豆"上。第二句的结尾是"千层锦套头"，也是押韵讲平仄的句子。所以在子弟书里，一般以七言句为基干，但前面可以加上一些字，使得句式舒卷自如。

〔清〕袁耀

《汉宫秋月图》

现藏故宫博物院

当然这方法也不是从子弟书开始的，元曲就用了。看来押韵和适当地讲究平仄，是汉语诗歌怎么变也不放过的要素。

这一点，是我们作新诗时应注意的。现代新诗人，北方有位郭小川，南方有位戈壁舟。郭小川的新诗，没有忘掉押韵，戈壁舟的新诗，也注意到韵脚。再早，宗白华先生早年的《小诗》里，就是注意到韵脚的。当然，这里说的韵不是韵书里规定的韵。有韵的诗歌好记，易于流传。这是想发展新诗歌的作家很值得思考的一个问题。

这篇稿子是在北京师范大学向全校同学作的一次讲演，又被中文系在演播室专录了一次像，又经同学把录音写成文字，后来发表在《文学遗产》中，至现在已是第三次修改的了，必然仍有未妥之处，敬请尊敬的读者不吝教正！

沈约四声及其与印度文化的关系

中国的诗歌格律从南朝沈约开始，才有一个系统的说法。这个系统说法见于《南史》《南齐书》等书，但不知是它们抄了沈约的说法，还是都运用了同一种理论，现在都无法考证，我也不能详细研究这个问题。

齐武帝萧赜永明① 时期，他的一个臣下沈约提出了"四声"即平上去入，后人就认为四声是沈约创造的，后来又把诗歌的"八病"也算作沈约的，在唐朝流传的就有二十八种病，《文镜秘府论》就是这样讲的，解释得很琐碎。我们现在看有些并不够一个病，比如同平、同仄，就叫作同声，此外，如果从头至尾都押东韵，也叫同声，

南朝画像石·侍从

---

① 永明：南朝齐武帝萧赜年号（483—493 年）。

或者同韵。病到底指什么呢？二十八病在当时不久就没有人再提了，只剩了八病，算是沈约提出来的。但是，沈约提出来，也没有明文，他自己的著作里没有提过八种病。到唐朝皎然《诗式》，也把八病归于沈约。《文镜秘府论》的作者是日本和尚空海，即遍照金刚，他是学密宗的。密宗在中国已经没有了，密宗传入西藏的是藏密，传入日本的叫东密。但在藏密里有没有八病，我不知道；空海所传的东密里，也没有人专门对八病进行研究。

在沈约撰写的《宋书·谢灵运传·论》里，对八病有解说。他说了两句很重要的话："前有浮声，后须切响。""浮声"就是扬调，即平声，"切响"就是抑调，即仄声。他的意思是说，前头要是平声，后头一定是仄声。这个说法我们好理解。但是，究竟这个说法是从印度传来的，还是沈约自己理解推测出来的？不知道。他又举了许多例句，"子建函京之作，仲宣霸岸之篇，子荆零雨之章，正长朔风之句"。但他讲到的也就这么多。

可是，清朝中期以后，又出现了一种说法，说四声不是沈约推测出来的，而是曹子建在鱼山听人做梵呗即佛教唱偈语时从中悟出有四声。这种说法就值得我们思考。因为从清朝中期以后，出现了一种现象，把什么都说成从外国传来的，似乎中国人什么都不会，外国来的理论到了中国，中国接受了之后，就成了中国人的一个很特殊的文化发明。我今天在这里说这话，也是冒了天下之大不韪。因为这很容易被人说成狭隘的民族主义。我们曾经认为，凡是外国有的，中国一定早就有了，看见飞机，就说中国早有飞机，因为我们早已会放风筝。可是，放风筝就能代替飞机吗？这个毛病是中国人自高自大的表现，我们不能讳言。

但是，另一种现象也不好：以为中国什么都是从外国来的，似

整理者按：清代杭世骏《三国志补注》卷三注《三国志》"曹植传"中"初，植登鱼山，临东阿，喟然有终焉之心"一句，引《异苑》云："陈思王尝登鱼山，临东阿，忽闻岩岫里有诵经，清道深亮，远谷流响，肃然有灵气，不觉敛衿祇敬，便有终焉之志，即效而则之，今梵唱皆植依拟所造。"

乎中国连吃饭都是看某种动物吃东西才学会的。所以四声是曹子建听梵呗而来的说法我同样不能接受。假如四声真是曹子建听鱼山梵呗而来的，那离永明还有一大段时间。在历史上，只有到了永明时期，沈约等人才公开讲究做文章，而且要在文章里加上四声的韵调，来增加文章的美感。不能说那时大家什么都不会，全都是从印度传来的。清朝中期之所以那么说，是因为那时正是有人认为中国保守不行，提倡解放思想，认为应该多吸收外国的进步的科学的办法，这个用意其实也不错。但是，他们硬说沈约的永明声律也是吸收了印度的学说，就有些不太合适了。

如果把这个问题往远些说，印度文化也存在同样的情况。亚历山大从希腊打到印度之后，在印度创立了一种希腊化的印度文化，叫犍陀罗。有人就说，印度的文化都是从希腊传来的，印度人对此非常反感，对犍陀罗也非常反对。中华人民共和国成立前夕到中华人民共和国成立初，我教过几个印度学生，他们就这样说。印度一位讲美术史的学者，写了厚厚的一本书，就彻底地批判犍陀罗。在印度，有好多的佛像都是犍陀罗化的，是按照希腊的风格雕塑出来的，面部的肉很多。从前，北京大学有一位学者阎文儒，非常博学，他在美术史讲稿里就处处讲，印度文化就是犍陀罗文化。我对他说不是，印度人很反对有人说印度文化是犍陀罗文化。他还不服，我说你看你用的这个插图就是印度本土的佛像，不是很多犍陀罗的肉的佛像。

改革开放了，思想解放了，我们哪些是学了西方的，哪些不是学西方的，这个都可以说，无须讳言。清朝中后期西太后等人，就是利用义和团，想把东交民巷的西洋人都杀了，就天下太平了，义和团的口号是"扶清灭洋"。但是，靠少数人能灭洋吗？把洋灭了，清朝就能够扶起来吗？像西太后这样的措施，能够使清朝复兴吗？

西太后佛装像

西太后朝服像

[3 世纪] 巴基斯坦犍陀罗造像
《悉达多太子在阎浮树下冥思》
现藏美国诺顿西蒙博物馆

不可能的。

　　有一次，谭延闿①去看翰林院掌院大学士、军机大臣徐桐，徐桐问谭延闿知道现在有哪些鬼子吗？谭说不知道。徐桐说今天来的这几个人中哪几个是葡萄牙的，又有哪几个是西班牙的。其实都是那

———————

① 谭延闿：民国政治人物。字组庵，号畏三，湖南茶陵人。总督谭钟麟子。光绪进士，授翰林院编修。民国时任湖南督军、南京国民政府主席、行政院院长等。

么几个人，只不过今天穿这样的衣服，冒充这个国家的，明天又穿那样的衣服，冒充那个国家的。谭延闿出来以后，坐在车上大笑不止，感慨万分地说"吾属为虏矣"——早晚要完在这帮无知的人手里。谭延闿记载此事的手卷现在就保留在我的手里。当时朝廷真是迂腐、愚昧到了极点，以为把东交民巷里的几个西洋人杀了，就天下太平了。在这种形势下，再怎么说中国的文化都是犍陀罗文化，又有多少用处呢？那时候国家有一定的苦衷，所以有人就宣传西方文化有什么用处，但当时中国人却没有由此就接受了它。然而没想到，今天还有人大肆宣讲说中国的诗歌格律是印度的规律，这简直太没道理了。

我们知道，中国的文化属于汉藏语系。有一位从菩提学会调到师大的深通梵文的学者俞敏就曾对我说，汉藏语系跟印欧语系很不一样。汉语是由多少音素构成的，如"东"有三个语素，合起来组成一个音节，这个音节就是汉字。陆法言编《切韵》，都是一个一个的汉字，有 206 个韵部。宋朝《礼部韵略》删到 100 多部，一直到金朝的平水郡刘渊刻的《礼部韵略》，还有 106 部，一个字代表一个音，一个字里尽管有几个音素，但写出一个字来，就是几个音素变成一个音节，这就是汉语的特点。《四阿含经》①之"阿含"两个字，印度原来读作"啊—啦—干"，可见印度的梵音，拼写一个词，要把几个音素都读出来，汉语把它翻译出来，几个音素能融合在一起的，就用一个字表示，把它连起来。就算永明声律是沈约吸收了印度语音的发音特点，也不见得就完全变成"子建函京之作，仲宣霸岸之篇，子荆零雨之章，正长朔风之句"，那是不可能的。

---

① 《四阿含经》：指原始佛教四部经典《长阿含经》《中阿含经》《杂阿含经》《增一阿含经》。

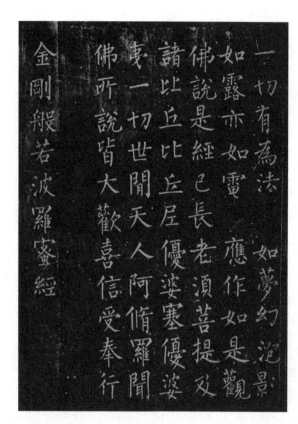

[唐]柳公权《金刚经》唐拓孤本（局部）
现藏法国巴黎图书馆

　　再举一个比较直接的例子，鸠摩罗什① 翻译佛经的偈，如《金刚经》中的"一切有为法，如梦幻泡影，如露亦如电，应作如是观"，既不合中国的韵，更不合永明声律的韵。鸠摩罗什翻译的这些佛经

---

① 　鸠摩罗什：后秦佛教学者。与真谛、玄奘并称为中国佛教三大翻译家。原籍印度，生于西域龟兹国（今新疆库车一带），幼年随母出家，学大小乘，善般若，精通汉文。前秦苻坚时被掠至凉州，后秦姚兴时迎入长安，主持译经。与弟子八百余人共译出佛经七十四部三百八十四卷。对中国佛教影响很大。

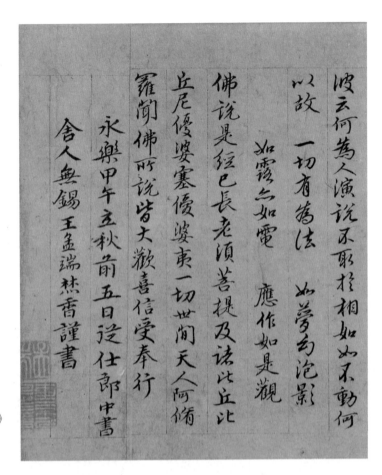

波云何為人演說不取於相如如不動何

以故 一切有為法 如夢幻泡影

如露亦如電 應作如是觀

佛說是經已長老須菩提及諸比

丘尼優婆塞優婆夷一切世間天人阿脩

羅聞佛所說皆大歡喜信受奉行

永樂甲午立秋前五日從仕郎中書

舍人無錫王孟端焚香謹書

[明] 王绂《画观音书〈金刚经〉合璧》
（局部）
现藏辽宁省博物馆

都在永明声律之前，它是把印度的语言直接变成了汉语。沈约所谓"子建函京之作"，指曹子建的"从军度函谷，走马过西京"，"度函谷"是仄平仄，"过西京"是仄平平。沈约在四个人里，每人举两句，一共八句，八句都是下一句是律句，上一句是配搭。现在外国有人把敦煌的残卷配搭起来，说其中有一种是诗歌，翻译过来叫《律诗变体》，印度哪里有什么律调？还有人说，印度人写过戏曲理论。

但他们也没法讲出它与中国的律诗有哪些密切联系的地方。

沈约举的王粲"南登霸陵岸，回首望长安"，"霸陵岸"是仄平仄，不合律调，但"望长安"是仄平平，合乎律调，于是沈约认为这首诗也是合乎律调的。孙楚"零雨被秋草"，是仄仄平平仄，合乎律调，王赞"边马有归心"，是平仄仄平平，也合乎律调。沈约举的这四个人的八句诗，有七句就是合乎律调的。他并没有举来自印度的合乎律调的句子，可见他不是受印度的影响才认识声律的。沈约再往上《诗经》的时代，中国跟印度还没有任何来往，但《关雎》中的"关关雎鸠，在河之洲。窈窕淑女，君子好逑"，就已经完全合韵了，"鸠""洲""逑"，为一个韵，"参差荇菜，左右流之。窈窕淑女，寤寐求之。求之不得，寤寐思服。悠哉悠哉，辗转反侧"，这些句子也是很押韵的，句子的末尾，也有合乎规律的间隔，"菜""之""女""之"，是平平仄平，"得""服""哉""侧"，是仄仄平仄，很注重平仄的搭配。两个平，一个仄，再一个平。或者是两个仄，一个平，再一个仄。诸如此类，还有很多。

春秋战国时，印度的文化根本没有进到中国来。现在有人不但讲中国的文化是从印度传来的，还加上一句，说是印度的犍陀罗文化传到了中国来。讲中国的诗、中国的戏剧、中国的四声，是受印度的文化影响而来的，而且说是受亚历山大传去的希腊化的印度文化影响而来的。这是更不能让人接受的。汉朝初年贾谊有一篇《过秦论》，里面有三串人名字："宁越、徐尚、苏秦、杜赫之属为之谋，齐明、周最、陈轸、昭滑、楼缓、翟景、苏厉、乐毅之徒通其意，吴起、孙膑、带佗、倪良、王廖、田忌、廉颇、赵奢之伦制其兵。"每半句中末三字都是合律的。人的名字本来是最不容易合律的，但这里却很自然地摆在一起，非常合乎韵律。这说明汉朝初年的人，就已经

白太傅诗成瓶诵
闾老媪而卒媪
无不解其之良由
质宝之言批书
璞巧而至瑾瑀于此
千秋传为美谈
吾此今之遽归浮萍
杜金壷李鱼崑
实理歌谓至言实地观
言华地谋伤分矣
岂未世道人心俗之升
降如此偶闻责子应报
粉绘香山诵诗图不
禁有感而用志数语云尔

乙巳七十八叟慎写

[清] 黄慎《白傅诵诗画》
现藏南京博物院

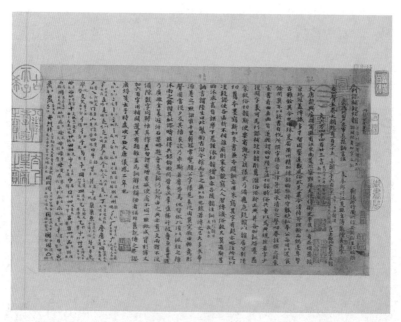

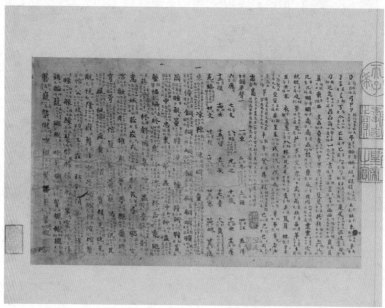

[唐]吴彩鸾《韵册》（局部）
现藏台北故宫博物院

比较有意识地运用韵律了。但它绝不是犍陀罗文化，也不是从印度传来的。

这里还有一个问题，诗歌的韵到底是怎么回事？现在的《佩文韵府》，宋朝的《礼部韵略》，再往前的《广韵》，都是从陆法言的《切韵》来的。陆法言为什么编《切韵》？后来作诗的为什么都要查里面的韵部？清朝咸丰时有一个叫高心夔的，他是顾命大臣肃顺的心腹，肃顺很想让他中举。不料高心夔作了一首试帖诗，把十三元里的一个韵押成了别的韵，结果犯规了。陆法言编《切韵》，本来就是让大家对读音有一个统一的读法，大家作的诗，作的韵文，不至于念成地方的方音。他的目的不过如此。后来，考举人，考进士，押韵都必须依照这个统一标准。高心夔在考试时，就在十三元这个韵部里出了问题。当时考试的等级划为四等，相当于现在的优、良、中、劣。高心夔押韵错了，就被打到四等。两次复试，结果仍然落了四等。王闿运写了一副对联，说"平生双四等，该死十三元"，进行挖苦。

陆法言编《切韵》，指出一个字在各地的不同读音。读音的不统一很常见，比如现在小孩管父亲叫"父亲"，"父"是一个清唇音，叫爸爸的"爸"是重唇音，而重唇音是先起的读音，清唇音则是后起的读音。《切韵》就是统一这一类读音问题的。《切韵》的序里说："我辈数人，定则定矣。"但《切韵》里还有"又音"，指出一个字又读作什么音，这实在是他没有办法统一的。到唐朝又加了许多的韵，成了《广韵》，宋朝用《礼部韵略》来规定科举，清朝康熙叫作《佩文诗韵》，明确地说是作诗的韵。高心夔到这时作诗还发生押韵的错误，被判为四等真是活该了。

现在说诗的韵都与印度传来的文化有关，这就差得太远了。所以，《切韵》是统一文字读音的，并不是规定作诗的韵。沈约当初所说的四声，则连诗的韵都不是，只是诗句中的平仄搭配。现在的人不了解古音的发展情况，把什么都往沈约头上加，说《切韵》也是他编的。民间的人都知道沈约是浙江湖州人，于是有人就说《切韵》也是湖州佬编的。这些说法都并无根据。

沈约说出了曹子建等人作诗的四声情况，有人说他是受印度文化影响才产生的，而且说是受印度的犍陀罗文化影响；又说《切韵》也是沈约编的，这可见沈约确实是蒙受了许多的不白之冤。

律诗的条件

律诗的条件，还没见古代有人详细提过。但从历代著名作品看，约有四项：

1. 一句之中和句与句之间的平仄，都有特定的规格。

2. 平声韵脚，除有时首句入韵外，都是单句仄脚不入韵，双句平脚入韵。

3. 以每首八句为基本形式（唐人有六句的律调诗，但极少。八句以上的称为长律或排律。唐代科举考试用五言六韵，计十二句，称为"试律诗"。清代科举考试用五言八韵，计十六句，称为"试帖诗"。一般的长律不限句数）。

4. 全诗首尾两联（每二句称为一联）对偶与否可以随意，中间各联必须对偶。

这第一项所说的特定规格和其中的变化，详见下文；其他三项，还有一些特殊情况，应该略加说明：

古代作品中，也有一首八句，中间对偶，但是仄声韵脚的，有人称之为仄韵律诗。它们显然和一般律诗不同，在各种按体裁分类的选本上，也少列为律诗，所以仍应算是古体诗。[1] 有人问：绝句的平仄有合乎律调的，也有不合的，应该怎样分类？按：绝句的"绝"字是数量观念，四句是一般诗篇起码句数（特殊的有两句、三句的，《诗经》和古乐府中偶见之），所以称为绝句。在历代编诗分体中，都没有再称律调绝句和古调绝句。但我们若专从平仄声律角度上看，却应知道它们有律调和非律调的差别。因为八句律诗的声律，实是两个四句律调重叠组成的。[2]

至于律诗中的对偶问题，也有时有些例外，有中间两联并不全对，甚至完全不对的。例如：

昨仄夜仄巫平山平下仄

猿平声平梦仄里仄长平

桃平花平飞平渌仄水仄

三平月仄下仄瞿平塘平

雨仄色仄风平吹平去仄

南平行平拂仄楚仄王平

高平丘平怀平宋仄玉仄

访仄古仄一仄沾平裳平

（李白《宿巫山下》）

此首各联全不对偶，但声调完全合律。又：

---

[1] 《柳南随笔》说白居易《西楼月》仄韵一首《长庆集》编入律体，方氏《律髓》亦收之。这究竟是少数的例子。——作者自注

[2] 杜甫《黄河》绝句二首前首平韵，后首仄韵，同编在卷四古体中。《屏迹》五律三首其三为仄韵，同编在卷十二近体中。都因同组难分，有所迁就。——作者自注

牛(平)渚(仄)西(平)江(平)夜(仄)

青(平)天(平)**无**(平)片(仄)云(平)

登(平)舟(平)**望**(仄)**秋**(平)月(仄)

空(平)忆(仄)谢(仄)将(平)军(平)

余(平)亦(仄)能(平)高(平)咏(仄)

斯(平)人(平)不(仄)可(仄)闻(平)

明(平)朝(平)**挂**(仄)**帆**(平)去(仄)

枫(平)叶(仄)落(仄)纷(平)纷(平)

（李白《夜泊牛渚怀古》）

（■处是拗字，下同。）

　　此首全不对偶，虽拗三句，但各句关系全合，拗句亦是常见的普通拗法。以上两首，除缺少对偶一项外，律诗的四项条件已具有三项，所以前代选诗仍把它们列入律诗。又有长篇诗歌，各句全是律调，排列关系也都合律，而基本上不用对偶的。例如：

初(平)梦(仄)龙(平)宫(平)宝(仄)焰(仄)然(平)

瑞(仄)霞(平)明(平)丽(仄)满(仄)晴(平)天(平)

旋(仄)成(平)醉(仄)倚(仄)蓬(平)莱(平)树(仄)

有(仄)个(仄)仙(平)人(平)拍(仄)我(仄)肩(平)

少(仄)顷(仄)远(仄)闻(平)吹(平)细(仄)管(仄)

闻(平)声(平)不(仄)见(仄)隔(仄)飞(平)烟(平)

逡(平)巡(平)又(仄)过(仄)潇(平)湘(平)雨(仄)

雨(仄)打(仄)湘(平)灵(平)五(仄)十(仄)弦(平)

瞥(仄)见(仄)冯(平)夷(平)殊(平)怅(仄)望(仄)

鲛平绡平休平卖仄海仄为平田平

亦仄逢平毛平女仄无平慘平甚仄

龙平伯仄擎平将平华仄岳仄莲平

恍仄惚仄无平倪平明平又仄暗仄

低平迷平不仄已仄断仄还平连平
}（对偶一联）

觉仄来平正仄是仄平平阶平雨仄

未仄背仄寒平灯平枕仄手仄眠平

原文如此。甚，一作极。

原文如此。未，一作独。

（李商隐《七月二十八日夜与王郑二秀才听雨后梦作》）

　　这首共十六句，像是排律。但全篇只有一联对偶，它算是律诗或算是古诗，前代也有过争论，我觉得律诗最主要的特点在于声调的合律，所以这首应与上边李白的两首同样看待，那两首可算不对偶的五言律，这一首可算不对偶的七言长律。

　　还有在律诗完全成熟和普遍流行以前，像南北朝后期到初唐，流行一种部分合律、部分不合律的作品，可算是过渡形式。唐代律诗成熟以后，还有人沿用或说模拟这种半熟的律体，李白的作品中就有很多，杜甫也有些似乎故意不拘声律的律诗，不过是一时的变体罢了，这里不多举例。

古体诗

　　所谓古体诗（或称古诗），是对于律体诗（或称律诗）而言的。凡不合律体条件的，都可算古体（有的算拗体）。在律诗尚未正式形成，律体这一名称尚未出现时，是没有古体这一名称的。现在我们所说的古体，是包括律体形成以前的作品和后世模拟古体的作品。古体律体之别，除了声调的不同之外，还有字面对与否以及句式、句数等问题，现在只说声调方面的差别。

　　四言、六言诗没有律体的名称，可以先不谈；五言、七言诗都有律体，可与古、律相比，看出差别。古体诗声调的情况，大致有下面几种：

　　一、句脚一字以上各节，盒底有接连重复处，如平节接了平节，或仄节接了仄节，也就是一句中的二、四（贰）、六（肆）处有平仄接连重复的；

　　二、在律句规格不许可的地方，犯了孤平、孤仄、三平、三仄或接连三个以上的平或仄；

　　三、全篇句式的排列次序有不合规格处，即一篇中各句之间不按 A（或 D）BCDABCD 式或 C（或 B）DABCDAB 式的排列次序；

　　四、各句句脚的平仄有间隔不匀处，即首联以下的各联中有上下句句脚平仄同声的；

五、篇中有换韵处。

简单来说，即不合律诗规格的，除拗律外，都算古体。下边举例说明，五言古诗，如：

君平至仄石仄头平驿仄（"头"字孤平）

寄仄书平黄平鹤仄楼平（"鹤"字孤仄）

开平缄平识仄远仄意仄（句末三仄相连）

速仄此仄南平行平舟平（句末三平相连）

风平水仄无平定仄准仄（"水""定"两仄节相连）

湍平波平或仄滞仄留平（律句）

忆仄昨仄新平月仄生平（"昨""月"两仄节相连。此是上句，仍用平脚）

西平檐平若仄琼平钩平（"檐""琼"两平节相连）

今平来平何平所仄似仄（律句）

破仄镜仄悬平清平秋平（句末三平相连）

恨仄不仄三平五仄明平（"不""五"两仄节相连。此上句仍用平脚）

平平湖平泛仄澄平流平（"湖""澄"两平节相连）

此仄欢平竟仄莫仄遂仄（句末三仄相连）

狂平杀仄王平子仄猷平（"杀""子"两仄节相连）

巴平陵平定仄遥平远仄（"陵""遥"两平节相连）

持平赠仄解仄人平忧平（律句）

（李白《答裴侍御先行至石头驿以书见招期月满泛洞庭》）

七言古诗，如：

202

岁_仄云_平暮_仄矣_仄多_平北_仄风_平（"矣""北"两仄节相连）

潇_平湘_平洞_仄庭_平白_仄云_平中_平（"湘""庭""云"三平节相连）

渔_平父_仄天_平寒_平网_仄罟_仄冷_仄（句末三仄）

莫_仄徭_平射_仄雁_仄鸣_平桑_平弓_平（句末三平）

去_仄年_平米_仄贵_仄阙_仄军_平食_仄（"军"字孤平，"阙"字处应平而用仄）

今_平年_平米_仄贱_仄太_仄伤_平农_平（律句）

高_平马_仄达_仄官_平厌_仄酒_仄肉_仄（句末三仄）

此_仄辈_仄杇_仄轴_仄茅_平茨_平空_平（句末三平，"辈""轴"两仄节相连）

楚_仄人_平重_仄鱼_平不_仄重_仄鸟_仄（句末三仄，"人""鱼"两平节相连）

汝_仄休_平枉_仄杀_仄南_平飞_平鸿_平（句末三平）

况_仄闻_平处_仄处_仄鬻_仄男_平女_仄（"男"字孤平，"鬻"字处应平而用仄）

割_仄慈_平忍_仄爱_仄还_平租_平佣_平（句末三平）

往_仄日_仄用_仄钱_平禁_仄私_平铸_仄（"私"字孤平）

今_平许_仄铅_平铁_仄和_平青_平铜_平（句末三平，"许""铁"两仄节相连）

刻_仄泥_平为_平之_平最_仄易_仄得_仄（句末三仄，"泥""之"两平节相连）

好_仄恶_仄不_仄合_仄长_平相_平蒙_平（句末三平，"恶""合"两仄节相连）

万_仄国_仄城_平头_平吹_平画_仄角_仄（律句）

此_仄曲_仄哀_平怨_仄何_平时_平终_平（句末三平，"曲""怨"两仄节相连）

（杜甫《岁晏行》）

五言、七言古体诗的句脚平仄，主要是一甲一乙；也有全篇句脚平仄一律的，如每句押韵式；或部分句脚平仄相同的。至于押韵，主要是上句非韵，下句押韵，也有句句押韵的。所用韵部，有全篇

流争喧豗砯崖
转石万壑雷其
险也如此嗟尔远
道之人胡为乎
来哉剑阁峥嵘
而崔嵬一夫当
关万夫莫开所
守或匪亲化为

狼与豺朝避猛
虎夕避长蛇磨
牙吮血杀人如麻
锦城虽云乐
不如早还家蜀
道之难难于上青
天侧身西望长
咨嗟

嘉靖庚戌十
月既望书于玉
磬山房当年
二十又一
徵明

噫吁戲危乎
高哉蜀道之
難，難於上青天
蠶叢及魚鳧
開國何茫然爾
來四萬八千歲
不與秦塞通人
烟西當太白有
鳥可以橫絕峨嵋
眉巔地崩山摧
壯士死然後天
梯石棧相鈎連

205

敦煌写本《古蜀道难》

一韵的，也有篇中换韵的。还有杂言古体诗，表面上似比一般五言、七言古体诗复杂，如李白《蜀道难》，句型虽有三言、四言、五言、七言、八言（四四式）、九言（四五式、二七式）、十一言（六五式）各种，但篇中句脚排列和押韵情况，仍是抑扬交替、间隔匀称的（五言、七言古体诗的句式和篇式，本无固定的规格，赵执信《声调谱》等曾举一些名作加以评点，这只能算是某些风格的推荐，并不能算必遵的谱式）。

五言、七言古诗中夹杂律句，汉魏以来，不断出现。但是少量的、偶然的，或说作者未必有意作成的。南北朝后期到唐代，五言、七言律诗逐渐成熟，古体诗的声调也有新发展。这种发展，即是避免律句和故意运用律句的问题。

五言古体中避免律句的，是那些严格的纯古体；多用律句的，便是那种半熟式律诗或称过渡体的调子；此外没有新的变化。

七言古体，唐代以来，除各种旧有的调式外，出现两类情况：

第一类，避免律句的：这在李白、杜甫各家的作品中都有，但句调则是各种非律句式都用的。此外有一种是多用一些特定句调的。这些句调是七言句的上四字平仄不太拘，而在三字脚处特用仄平仄、平仄平、仄仄仄、平平平（七言古调句上二节关系不合律，如平节接平节或仄节接仄节，而三字脚却合律的，声调易于软弱。又三平脚以上一字多不用平，以免破坏三平脚的突出）。这种句调在古代以至李、杜，本是常见的，如前引杜甫《岁晏行》中即有许多句。但自韩愈以来，使用得更有意识，更加集中（当然篇中并非绝对不用其他句式）。例如，韩愈《谒衡岳庙遂宿岳寺题门楼》、李商隐《韩碑》、白居易《九日宴集，醉题郡楼，兼呈周、殷二判官》、苏轼《武昌西山》、陆游《眉州郡燕大醉中间道驰出城宿石佛院》等，都是平韵诗。

玻璃春作江_平水_仄清_平

紫玉箫如雏_平凤_仄鸣_平

漏声不闻看_仄炬_仄烛_仄

侠气未减欺_平飞_平觥_平

单车万里信_仄有_仄数_仄

二年三过宁_平忘_平情_平

钗头玉茗妙_仄天_平下_仄

琼花一树真_平虚_平名_平

酒酣忽作檀_平公_平策_仄

间道绝出东_平关_平城_平

清歌未断去_仄已_仄远_仄

回首楼堞空_平峥_平嵘_平

貂裘狐帽醉_仄走_仄马_仄

陌上应有行_平人_平惊_平

径投野寺睡_仄正_仄美_仄

鱼鼓忽报江_平天_平明_平

（陆游《眉州郡燕大醉中间道驰出城宿石佛院》）

　　这种也有仄韵（或换韵）的，但其中不仅不一定严守非律的三字脚，还有时掺杂律句。这是因为既属仄韵，与律诗已有差别，间杂少量律句，也不致与律诗牵混。例如，杜甫《哀江头》起句便是律句，中间还有律句，但由于运用的位置合适，并不觉得破坏古调罢了。仄韵诗避开律调本较平韵诗为易，仄韵七言古诗即使不多用非律三字脚，已能见古调特色，但还有尽量多用的，如韩愈《寒食日出游》、王安石《纯甫出释惠崇画要予作诗》等都是。

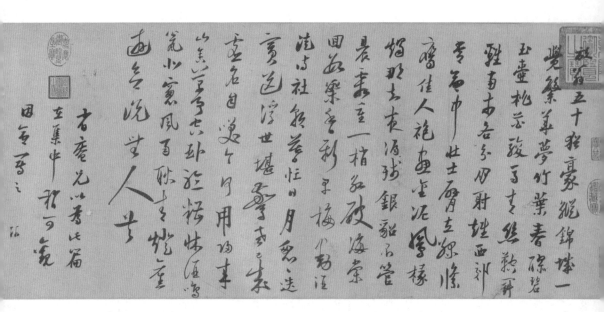

[南宋] 陆游《怀成都十韵诗卷》
现藏故宫博物院

　　第二类，运用律句的：这类是多用律句，作成古体（当然篇中并非绝对不用非律句）。其中可分两种：一种是分组换韵的，各组用韵，有平有仄，抑扬动听。这自王勃《秋日登洪府滕王阁饯别序·诗》、卢照邻《长安古意》、高适《燕歌行》、王维《桃源行》等，以及元稹、白居易的"长庆体"，都属此种，至清初吴伟业，更大规模地运用律句，比起元、白，又发展了一步。另一种是不换韵的，这种宜于仄韵诗（律句多而押平韵，篇中句式关系相合的便成排律；关系不合的便成失黏的排律，所以不宜用平韵的）。例如，苏轼《用前韵答西掖诸公见和》、陆游《怀成都十韵》等，都属此种。

放仄翁平五仄十仄犹平豪平纵仄（律句）

锦仄城平一仄觉仄繁平华平梦仄（律句）

竹仄叶仄春平醪仄碧仄玉仄壶平（律句）

桃平花平骏仄马仄青平丝平鞯仄（律句）

斗仄鸡平南平市仄各仄分平朋平（律句）

射仄雉仄西平郊平常平命仄中仄（律句）

壮仄士仄臂仄立仄绿仄绦平鹰平（非律句）

佳平人平袍平画仄金平泥平凤仄（律句）

橡平烛仄那平知平夜仄漏仄残平（律句）

银平貂平不仄管仄晨平霜平重仄（律句）

一仄梢平红平破仄海仄棠平回平（律句）

数仄点仄香平新平早仄梅平动仄（非律句）

酒仄徒平诗平社仄朝平暮仄忙平（非律句）

日仄月仄匆平匆平迭仄宾平送仄（非律句）

浮平世仄堪平惊平老平已仄成平（律句）

虚平名平自仄笑仄今平何平用仄（律句）

归平来平山平舍仄万仄事仄空平（非律句）

卧仄听仄糟平床平酒仄鸣平瓮仄（非律句）

北仄窗平风平雨仄耿仄青平灯平（律句）

旧仄游平欲仄说仄无平人平共仄（律句）

（陆游《怀成都十韵》）

原文如此。点，一作蕊。

从以上两类现象中，可以看到七言古体方面，唐代以来的作者对于声调的辨别，是日趋仔细的；对于律句和非律句的运用，是日趋巧妙的。

从单字词到旧体诗的修辞

一、引言

这篇拙文是由单字词是不是"词"的讨论引起的（其中有些论点和例证，已见拙文旧作中，为了集中讨论，不免重复）。在汉语中，许多单字词不但口语里有，即在文言文和旧体诗、词、曲中，同样常见、多见，甚至是必不可少的，因此进而讨论到单字词、两字词在旧体文学作品中的灵活性。

本人学作过旧体诗词，还教过旧体诗词，深尝过旧体诗词的利与弊。所谓利、弊，主要有词（指单字词和两字词）和韵（指从《切韵》到《佩文诗韵》）的两个方面。汉语词的利处是许多单字词可以左右逢源，甚而创出许多文字游戏；弊处是有许多过时的词掺在句中，造成今天的人读不懂的句子。

韵的利处是使古代许多不同方言地区的人读顺了古代诗歌，也用那种统一了的韵部作出统一可读的作品；弊处是到了元代以后，某些方音起了变化，隋唐以来的官方韵书已不能完全概括各地方音。而作旧体诗的人仍不敢打破已有的常规，于是隋唐以来的官方韵书的韵部便成了旧体诗的绊脚石，由于韵部的限制而破坏了正确的修辞。孟子说："不以文害辞，不以辞害志。"到了清末，竟自成了"以韵害辞，以辞害句"，直至"以韵害全首诗"了。本文即想就以上所列旧体诗"用词""用韵"两个方面的利弊情况，加以论述。

二、单字也是"词"

二十多年前，我见到一位专家著作的一本小册子，册中大意是说一个字不算是"词"，只能算是"字"（指词义不全），两个字和两个字以上的才可算是"词"（因为文体中有"词"这一种，为免得相混，以下多用"词汇"二字）。当时有人谈起：《辞（词）源》《辞（词）海》中，每一个大词条，都以一个字领头，先注解了这个字，然后再列出由这一个字联系起的若干二字和二字以上的词条。那么《辞（词）源》《辞（词）海》岂不应称"字、词源""字、词海"了吗？其实"单字词"不但具有"词汇"的资格，而且有非常广泛的作用和巨大的功能。

先谈"一字成词"的例子：不待说旧体诗和文言文中极多的"一字词"，即在今日日常所说的口语中也经常出现，甚至每天不知要说多少遍。如小孩常说"爸""妈"，大部分地区的人所说的"你""我""他"。这些字，都不用附加上任何字。小孩说爸爸、妈妈，只是一个字的重复加重；一般人如说"你们""你的"，便完全不是代表身称的那个单独的"你"字了。其实单字词在文言诗文中，如果统计起来，恐怕比两字和两字以上的词汇，不知要多多少倍。只拿起《康熙字典》来看，若干万个单字，除了构成"联绵词"的单字（如"枇"字和"杷"字等）外，绝大部分有它的含义、用途和用法，并非必须借助另外某些单字来拼合才能成一个词语。情况明白，不待详举例证。我甚至认为汉字没有一个不是词。除了单个笔画中"丿""乀""乛"是没有含义的局部外，其余即"一"（一个）、"丶"（主、炷）、"乚"（乙、钩、转），也有含义。凡有含义的，便是一词。

三、从几种文体看单字词的灵活性

汉语中的"单字词"好像一张张的麻雀牌，随便抓来拼凑，合格的便是一把可"和"的牌。这只从它的灵活性来说，实际上汉语"单字词"的用法，不知比麻雀牌要大多少倍，有许多种诗体、文体（当然不包括白话的诗文）可做例证，下边分别来谈：

（一）回文诗、词：所谓"回文"是指顺读、逆读都能成文；甚至排成方阵，任何一行上下、左右都能成文；摆成圆圈，从任何字起，顺时针、逆时针方向去读，都能成文。晋代殷仲堪有《酒盘铭》，是"礼为酒悦，体宜有节"八字，就是这种圆圈的回文。明代人编了一部《回文类聚》的书，收罗自晋代至明代许多实例。这里只为证明"单字词"用法上的灵活性，不是要介绍某种诗文的形式，所以不加详说了。

古代"回文诗"外，还有"回文词"，但仔细读来，都免不了或多或少地有比较生硬的词汇或比较勉强的句子。曾见苏轼《题金山寺回文体》一首，正读倒读都很流畅自然，可算回文诗中最佳的一首：

潮随暗浪雪山倾，远浦渔舟钓月明。

桥对寺门松径小，槛当泉眼石波清。

迢迢绿树江天晓，霭霭红霞晚日晴。

遥望四边云接水，碧峰千点数鸥轻。

（二）集字诗、文和集字对联：梁武帝命文臣周兴嗣用一千个不重复的单字拼成一篇四言韵语，号称《千字文》。第一句是"天地玄黄"，即以这四个字来变换，可成多句："天玄地黄""地黄天玄""玄黄天地""玄天黄地""黄地玄天"，合起"天地玄黄"计，可得六式之多，而且每式都可讲通。宋代有人把《千字文》字字拆开，另排成文，很为得意。有人问他"枇杷"是否拆开，作者说只这两字没拆开，于是承认另拼失败。这两字没能拆开，是因为它是"联绵词"，是以声韵双叠为成"词"的主要条件的，所以分拆不开。其实《千字文》中还有其他联绵词，如"俊乂密勿"，"密勿"就是"黾勉"，也是声韵双叠的，但在一般还不了解"密勿"即"黾勉"的人，硬性拆开，也是常事。

清代文人许正绶曾把《千字文》字字拆开，另拼成各式对联，自四言、五言、六言、七言以至多字长联，竟有一厚册。这类集字为联的，又以集《兰亭序》的为极多，还有集其他碑帖中字为联的，不再详述。集《兰亭》字的，大多离不了山水、竹林、觞咏、修禊等词汇拼起的内容。有一联云"万有不齐天地事，一无可寄古今情"，被推为最能"脱俗"的一例。"单字词"在离开它们所在的原文后，被运用得没有一丝原文的痕迹，也是各个"单字词"灵活性的特征。

（三）"神仙对"和"诗牌"："神仙对"又称"无情对"，是一种文字游戏。玩法是由某甲把准备的一句诗每字拆开，随意出一

[唐]欧阳询《行书千字文》
现藏辽宁省博物馆

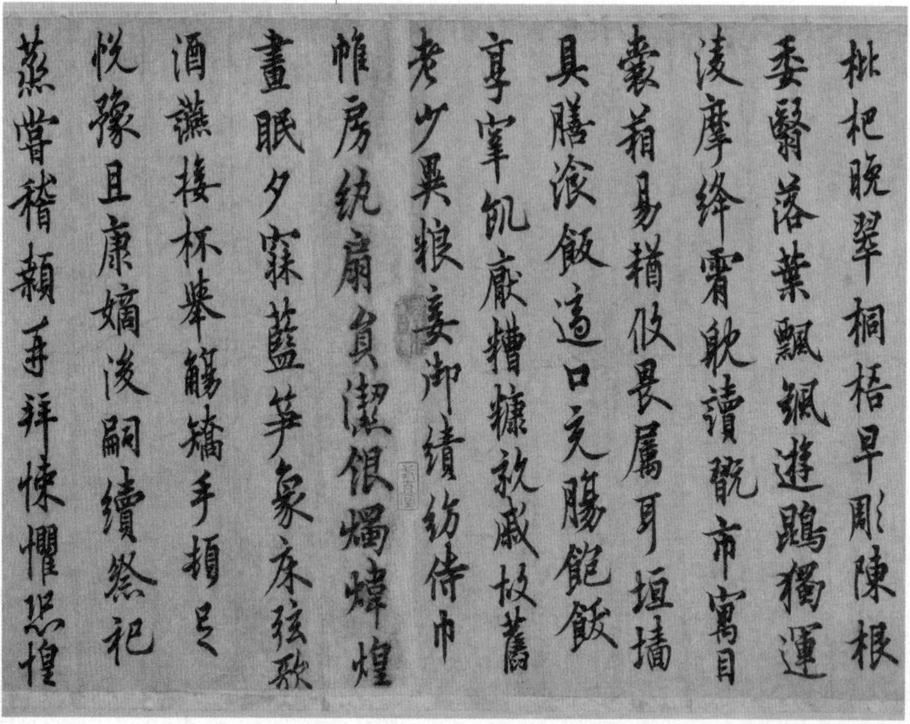

蒸嘗稽顙再拜悚懼恐惶
悦豫且康嫡後嗣續祭祀
酒讌接杯舉觴矯手頓足
晝眠夕寐藍筍象床弦歌
帷房紈扇圓潔銀燭煒煌
老少異糧妾御績紡侍巾
享宰飢厭糟糠親戚故舊
具膳湌飯適口充腸飽飯
囊箱易輶攸畏屬耳垣墻
凌摩絳霄耽讀翫市寓目
委翳落葉飄颻遊鵾獨運
枇杷晚翠梧桐早凋陳根

[清] 梁国治《临颜真卿小楷千字文》（局部）
现藏故宫博物院

字，在场的乙丙丁戊诸人各写相对的一字，不相传观。某甲最后把原句各字恢复原来次序，旁人按甲的原句各字次序排出，往往成为不知所云的怪句，博得大家一笑。我在青年时听老辈谈过一联是"山山水水悠悠去，雨雨风风得得来"，最为巧合。但"悠悠""得得"两个词汇，恐怕不可能是拆开拿出、拆开对上的，可见这种"神仙对"中是许可夹用"双字词"的。

"诗牌"也是一种游戏，用若干小牌，上写"一两字"词若干个，打牌的人各分若干张，打出无用的词汇，补进新抓来的词汇，最后先拼成一首诗的即是赢家。这种牌的实物打法，我没见过，但见过清末文人诗集中有记录打成诗的作品。

（四）嵌字格的"诗钟"："诗钟"也是一种文字游戏，某人出题，大家去作，限时交卷，再由一人评定甲乙。诗钟的格式很多，主要分为"分咏"和"嵌字"二类。分咏是把两件不相干的事物，各咏一句，合成一联。这与本文所讲词汇无关。"嵌字格"是拈出两个字，分嵌在上下联中，并限定嵌在第几字（也有出三四个字，分散嵌在两句中的）。清末张之洞好做这种游戏，他在北京做分掌政权的大臣时，曾出"蛟断"二字，梁鼎芬①作一联云："射虎斩蛟三害去，房谋杜断两心同"，曾传诵一时。还有虽定嵌字格，而作者又集著名诗句而成的。题为"女花二唱"（几唱即是分嵌在第几字），清末有三人作这题，都是嵌字而又集句的：

神女生涯原是梦，落花时节又逢君。（第一）

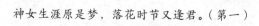

① 梁鼎芬：字星海，号节庵，广东番禺（今广州）人。清光绪进士，授翰林院编修。中法战争时弹劾李鸿章被降级。后入张之洞幕，协助其推行新政，官至湖北按察使。辛亥革命后任溥仪师傅，参与张勋复辟。

张之洞像

商女不知亡国恨，落花犹似坠楼人。（第二）

青女素娥俱耐冷，名花倾国两相欢。（第三）

（见清人《春冰室野乘》）

嵌字诗钟作品中，极少见规定嵌用两字词汇的。

（五）"集句联"和"集句诗、文"："集句联"是摘取一个现成诗句，再摘一个成句和它相对，成为一副对联。前举"女花"诗钟，即是极好的集句联。不用更多举例。清末有一位文人杨调元摘取《南史》《北史》中成语，集成若干或长或短的对联，成了一部《读史集联》，是集诗句外的另一种体裁。到了二十世纪初期，梁启超作了许多集宋元人词句的长联，随后又有人继作，一时蔚然成风。

至于集句诗、文，可以追溯到晋代傅咸集七种"经书"成句的《七经诗》，后来集诗句为诗的更多，编成专集的就不胜枚举。他们把不同时代、地区、男女、身世、题材、情感等毫不相干的作者的成句，拼成另外的各首音调和谐、对偶严密的律、绝乃至其他形式的诗、词（清人还有集"经书"、集《文选》成句为文的，不再详举）等，足使读者惊奇赞叹，不知集者是怎样有这等随手拈来的奇功妙术，好似用一块磁石在掺铁屑的沙石堆中，信手一吸，便成那样美妙的铁屑花朵。语言词汇分合游戏，到了这个境地，真够称为"造化在手"了。

集句诗以清代陈荣杰集唐人句专咏黄鹤楼七言律诗三十二首最为著名，现举其首尾各一首：

江边黄鹤古时楼（白居易），崔颢题诗在上头（无名氏）。

一自神仙留笑语（李商隐），至今乡土尽风流（李远）。

217

[元] 夏永（传）《黄楼赋图》
现藏美国大都会艺术博物馆

218

吟哦但解胸中恨（许坚），简贵将求物外游（韩偓）。

莫道昔人曾搁笔（严维），才非白雪也赓酬（张泌）。

词客如今迹尚留（刘长卿），不知经历几千秋（王昌龄）。

青山碧水浑无恙（耿沣），去燕来鸿各自愁（李咸用）。

便要乘风生羽翼（高骈），更凭飞梦到瀛洲（胡宿）。

神仙若见应惆怅（韦庄），此地空余黄鹤楼（崔颢）。

（见单刻本，又见《霞外捃屑》所引）

作诗的人都知道，集前人成句为诗，比自己创作的困难不知大多少，集成为律诗的更难。因为律诗有对偶的要求，古代的诗句怎能随便搭配成对？不但要虚词对虚词、实词对实词以及多方面配合恰当，还要平仄谐调、声调顺口，似乎其中具有什么巧妙的办法。但在有过实践经验的人看来，这种拼凑配搭的过程中，并不是毫无棱缝可寻的。所谓棱缝，主要有两项，抓住它们，便是拼凑古句成诗的"下手处"：第一项是各句之间的"黏对"关系（律句只有四式，排列恰当，即是黏对合格。见拙作《诗文声律论稿》）；第二项是词汇的一字词、两字词相对（汉语中没有不可分割的"三字词"，见拙作《文言文中"句""词"的一些现象》一篇中）。

五言律诗句中的词汇，不外 221、212、2111、1121 等；七言律诗句中的词汇，不外 2221、2212、12121、22111 等。各双字词，有时可切成 11，但句中下四字绝不可切成（○○）○22 或（○○）○211（打破"三字脚"成为"四字脚"）。集句时看明白甲句中的单双词汇的次序，再找和它相同次序的乙句，即不致有参差不合的句式了。只要词汇的一字、两字合适，虚词、实词都属次要，因为联绵词的虚词，可以对双声叠韵的实词。黏对句和一、二字词这两项要点掌握了，其余只看集者的细心和经验了。

四、一字词、两字词由灵活到拘滞

汉语中的"一字词"既然那样无限灵活，"两字词"是多了一倍的字，灵活性似应也成倍增多了，其实并不尽然。到了后来，"两字词"反而出现"窘况"，再后连最灵活的单字词也一样出现"窘况"。

这是为什么？我想，这大约由于宋元以来方言俗语的语汇变化，生活事物与古代有所不同了。代表生活事物的词汇，传达思想感情的语词都不期然而然地发生了变化。许多旧词汇、古词汇或遭增字、减字、改字的破坏，或被另起的词汇代替。只要看看近年来由书报上所见的常见词、常用字中筛选出来的"常用三千字""常用四千字"和新编各种词典就不难看出，古书中常见的"一字词""两字词"，许多被摈到"常用"之外。那些古有的词汇，或因后世读音轻重有变化，或随着读音而使符号形状有变化，或因外来事物带来的外来词汇冲击，以致变化或消失。这是由时代、生活所造成，人力都无可如何的。

熟读古书和习惯写文言文、旧诗词的人，把脑中的许多词汇，视为固然应有的，因而会自然地流露在自己的笔下，读者也就在"这是文言"的前提下，习以为常。偶有生疏处，读者也会以"自愧浅薄"，以"我不懂"的谦辞把它揭过。假使有人在谈话中常常夹用文言词句，必定蒙受"酸气"的嘲笑。但是如果细心体察，今天不论白话的书面上或口头语言上，还不时有文言的字、词乃至成句。如请彻底的"白话"主张者，把口语中常见的"成语词"都一定用"白语"说出，恐怕并非容易的事。

《三国演义》，谁都知道是半文言半白话的作品，彻底的白话

[明]《新镌通俗演义三国志传》
万历武林夷白堂刊本
现藏日本庆应义塾大学图书馆

主张者，在分类上，对它束手无策。它为什么半白之中还留着半文？什么原则、什么标准定它的去留？大约在成书时，好像煮豆粥，易烂的米先烂了，虽烂而仍成形的豆，就不再去一一碾碎。那些虽属文言的句子便是不碾碎而易嚼的熟豆子，不去管它也罢了。如遇不知"也"即"呀"，"父"即"爸"的彻底白话主张者，必要一一去改，《三国演义》的作者也不负责任了！

出现"窘况"的词汇，在旧体诗词中较多于散体文，因为散体文中还有语言环境给它们衬托，使读者由"上下句"间可以领会；而旧体诗词句法多是固定的，一个今不常用的词汇，被挤在短句中，就成了熟而不烂的豆子。粥中常掺豇豆、芸豆，都较易烂，旧诗词短句中用今不常用的词汇，便成了粥中掺上铁蚕豆，不免吃者崩牙了。

许多旧体诗词的作者，未必不觉得有些词汇在他当前的时间里已然比较生疏，甚至有些更冷僻的词汇连自己也不完全说得明白，但是由于种种原因，竟自不能不用。在清末有人作骈文，作旧诗词，用了些已不常见的词汇和典故，有人问起，作者也常茫然。便有两个成语来说这种情况，即是"用则不错，问则不知"。仔细寻味这八个字，要想找出它的所以然，恐怕绝非一时所能说透的。粗略探索，使得词汇拘滞、句子无法讲解、不同作者的旧体诗词作品面貌彼此相似等现象，大致可列出三种原因。这些原因，都是捆绑旧体诗词以至一些文言文的绳索，使这些作品的作者被吓得这也不敢、那也不能，在束手束脚之下，作出自己也讲不明白的作品（所谓"用则不错，问则不知"的作品）。这些绳索分述如下：

（一）"无一字无来历"：语言从词汇到句法都是人们自己创造而又互相承认的。如自己也不知道的，那是梦呓；如只两人互相懂得，那是密码；如果只有某个小团体懂得的，那是行帮语。必须至少一个地区通行，虽然并不完全能通于广大地方，但它在那个通行地区已是"约定俗成"的就可成立。这个"无一字无来历"的口号，原来是指杜诗、韩文而言。诗文中所用的一字起码的词汇或短语，没有个人凭空臆造的，都是约定俗成的。这种要求，原是很合理的。但在接受这口号的人把它绝对化了之后，便成了捆手的绳索、绊脚的石头。

唐代刘禹锡在重阳节登高时作诗，重阳民间多吃重阳糕，刘氏因字书不见糕字，因而作诗时不敢用这个字，成为历史上著名的故事，也成了作诗文的人"因噎废食"的典型例子。到了后世愈演愈烈，清末文人王闿运（号湘绮），作诗专学六朝人（所谓《文选》体）。他有儿媳杨庄字叔姬，也是他的学生。能作诗文，诗也专学六朝，有《湘

[宋] 佚名《高阁凌空图》
现藏天津博物馆

潭杨叔姬诗文词录》，书中保存了王氏的批语，那比刘禹锡的戒律又变本加厉若干倍了。杨氏有《拟谢灵运诗》一首，其中有"南朔"二字，王批云："谢诗不用南朔等字。"照他的说法，如果拟谢诗，只好把谢诗原作拆开成若干单字，然后凑起另成一首诗，才算拟作合格。又批一首诗云："此照下句改，非唐调，更非温（按：指温庭筠）调。于诗律为失格，但吾家诗不必纯唐。""吾家诗"实际只是六朝体罢了。又一条批语说："质锡韵相隔甚远，宋词人不是读书人，用韵无章，至并庚真为一，故屋月不分，不足怪也。湘绮人则不可矣。"在此首上又批云："雪亦出韵，以句好故不改。""湘绮人"作诗究竟以韵的出不出为主呢，还是以句子好不好为主呢？旧体诗至此时已不是作诗，只剩作韵和作派了。由于自古需要"无一字无来历"，就出现了为各字（词汇）列出根据的专书。

（二）胪列词汇出处的"词书"：清代康熙时官修的《佩文韵府》，即按《佩文诗韵》各韵部中所有各字，举出它们和其他各字组成的词汇，又详注每个词汇的出处。《佩文诗韵》只列词汇，不注出处，实是《韵府》的简本。现举《佩文诗韵》一东韵中词汇较少的"弓"字为例：

弓：执～（～即代表"弓"字）、挂～、珊～、桃～、宝～、彤～、良～、弯～、惊～、伤～、橐～、地～、两石～、月如～、水如～、月半～、竹枝～、六钧～（按：以上是"弓"字上边曾被古人用过的附加的词汇）○（用圆圈隔开，以下是"弓"字下边曾被古人用过的附加的词汇）～韣、～马、～箕、～人、～鞋、～鞘、～旌、～燥、～缴、～衣、～弯、～招、～靴、～翅、天道犹张～（《老子·天道篇》："天之道，其犹张～乎？"）。

这样可使作诗的人既知道东韵中有弓字，也知道弓字属于东韵。又从所列的词汇中，可知由弓字组成的、已见于古书的有哪些词汇，放心大胆地使用它们，不至于发生无来历、无出处的毛病。但是"拉弓"和"卧如弓"二词汇，又不见于弓字之下，为什么？"拉弓"是口语，"卧如弓"是俗谚，就不在吸收之列了。

（三）"家"和"派"的局限：作旧体诗有学唐、学宋之说，怎样就像唐、像宋了呢？当然唐人诗中常常表现的什么情感，常常吟咏什么生活，自然是所要模仿的。相传有人作诗请人看，里边有"舍弟江南没，家兄塞北亡"两句，看诗的人问他家门何以如此不幸，他回答说并无死丧之事，诗句只是学杜甫罢了。还有唐人有许多吟咏早朝的诗，明代人学盛唐诗也常有涉及宫廷朝会等内容，考证作者的履历，未必都有这方面的生活。

还有一项奥秘，即是采用唐人、宋人诗中常用的词汇，使读者被这些词汇的暗示，引入唐人、宋人的诗境中，便觉得这些拟作果然很像唐音、宋派了。如明代李梦阳"黄河水绕汉宫墙"一首，被推为"唐音"，而且是"盛唐之音"，戳穿了，这首诗所用的词汇，都是盛唐诗中所习见的罢了。即以这第一句说，"黄河水""汉宫墙"这两个信号进入读者脑中，即可联想到汉、唐的生活。但禁不得细想：黄河水离汉宫墙有多少远，又怎么去绕呢？实际作者、读者以至选者、评者，都并不去管它，也管不了它，爱绕不绕，只看有黄河水和汉宫墙就够了。

又如，《人间词话》所批评的沈伯时《乐府指迷》[①]，主张填词宜用代字，如说柳不可直说柳，宜用"霸岸""章台"等；如说桃不

----

① 《乐府指迷》：词论。南宋沈义父撰。沈义父字伯时，一字时斋，吴江（今属江苏）人。宋理宗时任白鹿洞书院山长。

［近现代］齐白石
《石门二十四景图·柳溪晚钓图》
现藏辽宁省博物馆

可直说桃，宜用"红雨""刘郎"等。这很明白，即是用某些典故
所变成的辞藻，使读者产生某些联想而已。所可联想到的，并不专
在那个辞藻和那个典故的本身，而学唐、学宋的作者，正可使读者
联想到"唐音""宋派"，因为那些辞藻所表现的生活、情感，即
是唐人、宋人诗词中常见的，这方面相似了，则唐音、宋派也就算
学到了。

五、拘滞词汇的勉强运用

（一）无法串讲的句子：词汇的拼凑和典故的借用成了旧体诗
的流弊，已如上文所述，但从教学的手段上讲，还不是丝毫无可利

用的。我青年时听说邵瑞彭先生教学生填词的办法：令学生拿一本《花间集》来，把一首《菩萨蛮》标出句读和平仄，教他熟读。又教他把全书中的许多一字、两字的词汇随手摘出，然后用这些摘出的词汇往《菩萨蛮》的谱子里去装。这位学生次日拿去二十多首《菩萨蛮》交卷，居然是辞藻斐然，音调铿锵上口，但每句每首怎么讲，作者自己也无法说清楚。这种"善巧方便"的办法，用以教导初学，确实可见"立竿见影"之效。但这只能是一种策略，并无补于这位学生的"深造自得"。

"诗无达诂"这句话，是对凝滞了的词句所用的稀释剂。自"三百篇"起，其中有许多无法"串讲"的句子，杜诗中更多。例如，"感时花溅泪，恨别鸟惊心"，近年有许多评论家、翻译（包括翻译成

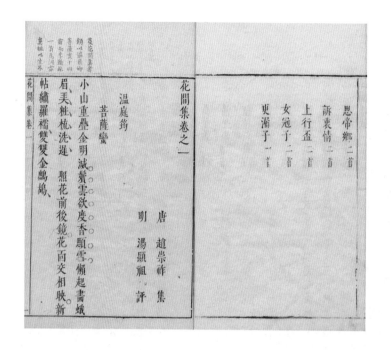

[五代]赵崇祚编《花间集》
[明]汤显祖评
乌程闵氏朱墨套印刊本
现藏美国华盛顿大学图书馆

今天的口语或翻译成外国语）家曾经讨论，虽然热烈，但无结论，因此溅泪和惊心的究竟是花鸟还是作者，仍是一个悬案。实恐起杜老而问之，他也未必能够答出的。

（二）有待公认的新兴词汇：语言是随着时代发展的，有些词汇的起灭又几乎是"瞬息万变"的，这虽未免夸张，但它们变化之速，确是无可争辩的事实。《佩文韵府》中所列的词汇，是康熙以前书面上的，当时口头流行的许多词汇都不收。后来作诗词的人，专以《韵府》为依据，他们的作品中，词汇就出现贫乏枯萎的现象。到了近代，口头语可以正式成为书面语以来，又出现了另一种现象。执笔临文的人随手运用或引来各地的方言，甚或出于执笔者自己随意捏合的词汇，在各地方的报纸刊物上大量出现，常令人无处考证。20世纪70年代出版的《现代汉语词典》中，今天看来，已经有大量未收的

228

新词；而已收的那时很新的词，今天已不常见的也不在少数。

清朝末年政府设立"法律学堂"，由中国的法律学家如沈家本等名人执教，还聘请了日本的法律学家翻译日本法，结合"大清律"，成了"六法"的初步架子。"西学东渐"，是当时一句常说的话，如从语言词汇方面讲，则是"东学西渐"的。如"法律、名词、关系、舆论、参加、认可、赞成、反对……"，都从日本书面传入中国，在当时也曾被旧文人反对。但是用久了，也没有人觉得它们是外来的了。至于今天出现的许多新引用、新创造的词汇，寿命如何，恐怕还要经过一段时间，待看大家沿用得多少，很难事先预料的。可以理解，今天出现的新词汇，以拼合的居多。两个词，各表一项内容，要把这两项内容组合在一起，使它用字少而内容多，就不免出现硬拼的现象。这类情形，古代公文中已常出现，即如清代的"陕甘总督"，是陕西、甘肃两省合为一个机构的总督。"京外官吏"就不同了，不是京城以外的官吏，而是京官和外官。总之生活事物是不断发展的，记录它们所用的语言（从词到句）也必然要随之发展，但容易理解的易于传播，过于硬捏的就未卜如何了。

（三）古代硬捏的词汇：文言文，尤其是骈文、韵文和旧体诗词，由于句中字数有一定的限制，作者不得不常用些典故来压缩他所要说的话，于是缺头短尾的古代成语，也被默许使用，甚至另成了合法的词汇。如"友于兄弟"①"微管仲"②，后来"友于"成了兄弟和睦的代用词，"微管"成了管仲的别名。这是唐代以前出现的，到了清代后期的诗词中，左臂接到右腿上的典故，到处可见。作者以为这样一句既可以总括表现左和右，又可表现臂和腿，你如从这

---

① 语出《论语·为政》——子曰："《书》云：'孝乎惟孝，友于兄弟。'"

② 语出《论语·宪问》："微管仲，吾其被发左衽矣。"

里推测全身，那就更算"善于读诗"的了。这不过是偶举旧体诗中末流的一种弊病，至于填词，硬拼词汇的现象，更不胜枚举了。

宋代有人作了一首《即事》的五言律诗，是：

日暖看三织，风高斗两厢。

蛙翻白出阔，蚓死紫之长。

泼听琵梧凤，馒抛接建章。

归来屋里坐，打杀又何妨。

有人问他的诗意，回答是：始见三只蜘蛛在檐前织网，又见两厢前各有麻雀相斗。有死蛙翻出白肚皮像个"出"字，死蚯蚓似个紫色的"之"字。方吃泼饭，听到邻家琵琶声，弹的是"凤栖梧"曲子。吃馒头未毕，报道建安章秀才来谒，他抛了馒头，去接待建安章秀才。最后回到屋里坐下，看到壁上钟馗打小鬼的图画，所以说"打杀又何妨"（见《宋人轶事汇编》卷三引《拊掌录》）。用大量硬捏的词汇拼成八句律诗，幸亏他自己的注解也流传下来。如果注解未传，这八句今天也就成为"天书"了。

六、旧体诗的绊脚石

旧体诗的最大一块绊脚石，要推"韵"的限制了。在旧体文学作品中，诗词往往连类并举，本篇拙稿中前边也常把诗词二者并举，现在谈到"韵"的问题，就不能不把词和诗分开，因为作词虽有各种苛刻条件，如按照古代某名家某首作品去填，不但平仄不能差异，而且每个字都要按古人原作中那个字的四声去填。但这是清末的一时风气，即当时一般作词的人也并不都守这条法则。前代讲词律的书中，偶然探讨某一字的四声问题，却没有提出通篇逐字讲求四声的说法。

词的基本原则是上去通押，某些调子还可以四声通押（如"哨遍"），所以说到韵的绊脚作用时，就把词和诗分开。至于填词讲四声这种自找束缚的变态心理，只是那前后几十年间某几个文人一时"逞能"的表现，也没产生过广泛的影响，这里略提，也说明弊端之一而已。

论到旧体诗的主要绊脚石是"韵"，也就是韵书的负面作用。当然韵书自有它的许多正面作用，也可说到今天还见到它曾立下的许多功劳，但在功劳中已经掺着许多过错。若在作旧体诗的问题上，几乎可说是过大于功了。下面分别叙述：

（一）今存最早的韵书：在史书上记载的古代人著作中有关音韵的书曾有许多种，但至今全都亡失了。只有隋代刘臻与陆法言等九人商讨而由陆氏执笔编成的《切韵》，经过唐代略加修订而基本框架尚存，唐人重修后又经宋人再加修订，成为《广韵》，也还保存唐人重修的面貌，只是略增少数韵部而已。编著《切韵》的主要意图和手段是什么？《切韵》序中述说编书动机，是因为各地的方言不同，编者们想把它统一起来，说："吴楚则时伤轻浅，燕赵则多涉重浊，秦陇则去声为入，梁益则平声似去……江东取韵，与河北复殊。"上述方音不齐的方面，《切韵》的编者们就要用书面的分部、标音的办法，把它们统一起来。这当然使书面上字音统一，不但使隋唐时期的各地的读书认字的人得到共同的认识和读法，并且直到现代，还是研究古代音韵的重要资料。这不能不说是陆法言等人的功劳。但是往下读那篇序，又会发现惊人的两句话。就是在拿不准怎样划齐一些字的不同读音时，他们就说：

> 我辈数人，定则定矣。

可见他们在"技穷"时，便用主观的、强迫的手段把它划一。可惜的是，他们没说出他们（至少是这一组的编书人）用的是什么地区的语音（读音）为坐标，来排斥其他方音的。又可惜的是，他们没把吴、楚、燕、赵、秦、陇、梁、益、江南、河北的方音附带记录下，像《史记·刺客列传·荆轲》写到"荆卿"时，说"卫人谓之庆卿，燕人谓之荆卿"，并存庆、荆二音，岂不给古音的研究者留下更多的材料吗？其中虽有些"又音"，但没注地区。平心而论，"四声"只有四类，即使有硬划处，也不会太多；至于二百多个琐碎的韵部，就给后来押韵的人留下麻烦了。

（二）《广韵》后的韵书：韵书被官方使用于科举考试的，宋代有《礼部韵》，清代有《佩文诗韵》，都是删除合并过于琐碎的分部和删除过于冷僻不常用的字。虽然删并了，但还有许多不通大路的地方。至于没有被官方定为考试用韵标准的"民间韵书"就不必谈了。《洪武正韵》虽出官定，但在考场中并没强迫使用。有一个人的诗中触犯明太祖朱元璋的忌讳，被发现，要杀他。旁边的文臣说，请看他的诗中用的是《洪武正韵》，于是被赦免了，可见当时并未广泛流通。偶然有人肯用它，竟能将功折罪。朱元璋虽然那么凶，他定的"正韵"竟自有那么少人理睬的历史。

（三）宋朝有人公开反对《礼部韵》：南宋罗大经的《鹤林玉露》丙编卷六记载杨万里和魏了翁的议论，说：

杨诚斋云："今《礼部韵》乃是限制士子之程文，不许出韵，因其难，以见其工耳。至于吟咏情性，当以《国风》《离骚》为法，又奚《礼部韵》之拘哉！"魏了翁亦云："除科举之外，闲赋之诗，不必一一以韵为较。况今所较者，特《礼部韵》耳。……"

至今还有严分一东与二冬，三江与七阳的，清代袁枚在《随园诗话》中曾经举了若干"江""阳"在古代相通的例子。又清代像段玉裁、江有诰等古韵学专家，既把古韵统计归纳为若干部，仍然有包括不尽的韵字，于是创为"合韵"一类把它们包起。自己开了一条后退的小路，实在也是出于无奈吧。

（四）"出韵"的笑柄：清代后期有一个文人高心夔，有两次考试都因为押十三元韵，误用非这一韵部中的字，也就是所谓出了韵，被列入四等，不及格。当时的文人王闿运作了一副对联嘲笑他说："平生双四等，该死十三元。"（见李慈铭《越缦堂日记》）记得乾隆时一个文臣曾向皇帝提议把十三元韵分为两部，没被许可（回忆是钱大昕的事，待查）。可见这一韵容易出错，并不自清末开始了。

（五）次韵：唐以前的分韵、赋韵（分、赋都是分配的意思），次韵（定出几个字为韵脚，令作者按次序去押），见拙作《南朝诗中的次韵问题》。到了唐代元稹和白居易互相唱和，争奇斗胜。"首唱"者作诗，无论若干韵，"和诗"者照首唱者原作每个韵脚挨次去押，以各逞其能。后来苏轼更好用这个办法。到了清代，王士禛一生不作和韵（彼此同押同一韵部）、次韵的诗。另外却有人在自己作诗，不属唱和时，也找古代某家某诗的韵脚一一去押，有人问他为何自讨苦吃，他说"捆起来好打"（记得是宋琬的话，待查）。这种种畸形、变态的做法和作品，归根结底，都是韵部作祟。

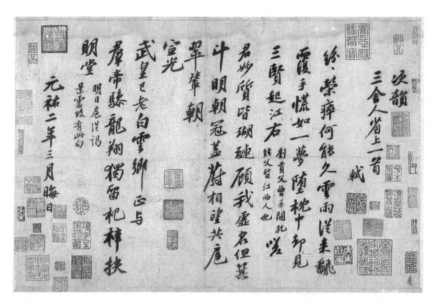

[北宋] 苏轼《次韵三舍人省上诗帖》
现藏台北故宫博物院

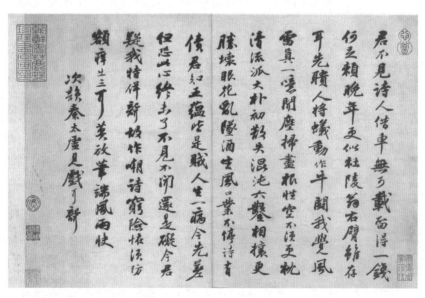

[北宋] 苏轼《次韵秦太虚见戏耳聋诗帖》
现藏台北故宫博物院

（六）最早创编韵书的目的不是为作诗押韵用的：陆法言《切韵》序中说得很明白，他说：

> 欲广文路，自可清浊皆通；若赏知音，即须轻重有异。

原来这部韵书，是为研究、分辨音韵异同的。回顾前边所引"吴楚则时伤轻浅"那一段话，更可明白，作者是先有比较，后作划一，使读者得以知道哪是作者们所认为的"正音"，此外即是各地的"不正的"方音。"音"怎么就"正"，本是另一个问题。这些《切韵》的作者，虽然曾用"我辈……定矣"的强硬手段来编辑这部书，但还没有彻底地强硬，仍很理智地说了前两句："欲广文路，自可清浊皆通……"这也正足证明他们编书并不是为作诗的人来押韵脚的。后世斤斤于韵部的"出"不"出"，似乎很是精通古韵的，真难知道他们除《佩文诗韵》外，是否曾读过《广韵》；即曾读过《广韵》，也不知是否注意了附录的《切韵》序；即曾注意了《切韵》序，还不知读懂了"欲广文路"二句没有。时至今日，如果还有以"不出韵"要求作诗者的人，请他最好先看看《切韵》序！王闿运（湘绮）说："宋词人不是读书人，用韵无章。"王湘绮确是读书人了，可惜读得马虎些，只读了《切韵》以来的韵部，未读《切韵》序，竟自有此失言。

《切韵》序中关于"广文路""赏知音"两句怎么理解？按：唐人重修《切韵》至宋人增修成《广韵》（都是《切韵》的架子），成为206部，后来陆续合并，到了《佩文诗韵》，只剩下106部，试问这是否都是"不读书人"胆大妄为的？又如，《切韵》东部中"东"是清声、"同"是浊声，在东部这一韵中，已是清浊并存了，那么"清浊皆通"四个字岂不等于废话！可见"欲广文路"这句话，只能是指打破韵部界限的借用措辞。再看唐孙愐（mǎn）《唐韵序·后论》明白地说："若细分条目，则令韵部繁碎，徒拘桎于文辞。"（见陈澧先生《切韵考》卷三所引）这段话大概王闿运先生也没见到过。

至于"轻重"怎么讲。在古代论著中，还未见明确划一的解释。按：沈约《宋书·谢灵运传·论》谈到"浮声""切响"，我们借以理解"浮声"即指扬调的平声，"切响"即指抑调的仄声。那么《切韵》序中这两句用现在话来说，即是想要行文路子广阔，韵部可以通融不拘泥；想要使知音者赞赏，平仄是不可混淆的。

七、小结

因和友人谈起《文学改良刍议》发表以后旧体诗的情况，它被废除、被代替已有七十多年了，新体诗还没见有使人脱口而出、有人背诵如流的作品，也没见有抉择精华的选本。即从唐诗说起，到"文学改良"时一千多年，从"文学改良"时到今天不过七十多年，不到百分之十的历史时间，再过一段时间，新体诗会有更好的发展成就，应是不容置疑的。奇怪的是，旧体诗虽被打而未倒，近些年来反而作者更多了。又见作新体诗者又有注意吸取民族形式的趋向。据我这个对新体诗是外行的人来揣测，所被称为民族形式的重要因素，大约是句中有节奏、篇中有辙韵（不是古韵的韵部），进一步便与上面所探讨的词汇的合理运用有关了。

单字词、两字词这种汉语中的基本细胞如何在句中安排，词汇出自约定俗成，而不出于生捏硬造，又是无论诗体的新旧，都宜注意的。还有无论新体、旧体诗的前途，都必以合乎人们的口语习惯为优胜的先决条件。如果有辙有韵，作品的辙和韵，必然是出于自然的，而不是出于某种韵书的。如果无辙无韵的作品，它的句法必然是汉语的，而不是外国语的。佛经是从印度古梵语译来的，译了内容、意义，就不能同时顾到辙韵，但我们看无论秦译或唐译的偈语，在无辙韵处，读起来也并不别扭。因为什么？因为译成的句子是华言（汉语），而不是另一种什么外语的。例如秦译① 的：

> 一切有为法，
>
> 如梦幻泡影，
>
> 如露亦如电，
>
> 应作如是观。（《金刚经》中偈语）

这是无辙韵的，宋代苏轼的《鱼枕冠颂》等作，即用这无韵一体，仍为后世传诵的名篇。又如唐人意译的揭谛咒：

> 究竟、究竟，
>
> 到彼究竟，
>
> 到彼齐究竟，
>
> 菩提之究竟。（唐人写本，见《安素轩帖》）

有辙韵，虽句脚"竟"字雷同，却无伤它的声调和谐。恰如元曲的《单刀会》中许多句脚都押"也"字，听戏的人，并不觉得单调、重复，其中缘故，是颇耐人深思的！可见作中国的词、曲、诗、文，不管有韵无韵，凡中国读者所接受的，主要是说中国话，而不是模拟外国话的就行了。

---

① 秦译：指姚秦（后秦）三藏法师鸠摩罗什译本。

古诗词的作法

现在谈诗词中古韵问题。由于各地的方音不同，便有人来规范和确定"四声"。隋朝陆法言著《切韵》，首分韵部，虽然没有照顾到方音，"我辈数人，定则定矣"，未免对人有所约束，好处却是统一了一千多年。对于此书，后人多有补充。

《广韵》和《佩文韵府》，有些字的韵分得太细。如"冬""东"，"支""之""脂"的分别，其实十分微小。依我之见，支、之、脂发音位置是由内到外，如支（zhi）、之（ji）、脂（zi）。又如，"东"——德红（dé hóng）切，切出之音为 dōng。那——奴寡（nú guǎ）切，便只能切出 nǎ 音。古无清唇音，如"父"今读 fù，古音读 bà。后逐渐演变为 fà，最后演变为 fù。

"福"今读为 fú，古音均读作 ba（轻读），"逼"为什么借助"福"的偏旁？就因为古音声母相通。"眉"，武悲切，按：今读当切为 wēi。其实"武"古音读 mǔ，故切 méi。"文"，《广韵》注为"无分切"，同样道理，"无"古音读 mú，所以"文"古音读 mén。

又，古代无舌上音，如"之"今读 zhī，古音读 dē。可知无舌上音。文字由"之"而"的"，表明舌上音的产生。按字面读音便是"类隔"，知其然而读之，便是"音和"。古代诗韵后面往往注上某些字为"类隔"，某些字为"音和"。这些常识都是应该知道的。

暂，今读 zhǎn，古读 zàn。现在广播上按古音读，大可不必。建议大家都去买一本《广韵》来读。周祖谟有校订本，商务印书馆印。

女墙，一凸一凹之城垛也。为什么称女墙？这和"睥睨"这一词有关，眼睛从城垛中往外窥视，故曰睥睨。而"女""睨"古音同，现在有些地方人读这两个音仍相同，故逐渐读作"女"。

《经籍纂诂》是部好工具书，许多字的古音古义都能查出来。《佩文韵府》《渊鉴类函》《古今图书集成》也应翻翻。《说文通训定声》从声、韵的角度谈，值得一看。《书目答问》也应该备有。《四库全书总目提要》不易找，故可买前者，便解决了目录的问题。日人《大汉和辞典》也不错。

关于古诗文的作法。讲这个题目，并非提倡大家写古诗文，在此不能不作声明。不会作古诗文，懂一点常识也好。你们将来当教师，讲古典诗词时也能依原诗的平仄朗读和讲解。"巫山巫峡气萧森"，一个"峡"字，便应按照律诗的平仄要求来读。

自己做一点儿古体诗也有好处。练习时应注意调（平仄）和对偶。现代汉语依然有调和对偶的讲究。对偶是一种语言的习惯。过去有《声律启蒙》一书，定下了若干的套子，如"云对雨，雪对风，大陆对长空"等，合辙押韵。这方面的锻炼还是应该有的。

古人曰："诗从胡诌起。"先练胆，逐渐熟练。多吟诗也很重要。高声朗读不仅可增强记忆，还可体味诗的音乐之美，加强对诗歌内容的理解。五言、七言诗练熟了，长短句调便有了基础。

[宋]佚名《江城图》（局部·女墙）
现藏上海博物馆

按过去诗韵的规定，东、冬不得互押，今天则不必拘泥此说。

和尚唱经有谱，文人唱诗无谱。

何谓诗歌的"起承转合"？至今未查到出处。我们可以用一首诗来领会它的大意："松下问童子（起），言师采药去（承）。只在此山中（转），云深不知处（合）。"四句诗中，实际上含有逻辑的发展。

律诗中的"撞声"始于唐代，即第一句和末一句可以用相邻的韵部，前者叫"孤雁入群"，后者叫"飞鸟出林"。

又，侵、覃以 [—m] 收声；文、真以 [—n] 收声。到了元朝，两者的区别便已混淆了，所以《中原音韵》就没有这一区分。

辽代和尚行均《龙龛手镜》，宋朝为避讳改为《龙龛手鉴》，全书按偏旁分字。《康熙字典》更细、更周密，是根据明朝《西儒耳目资》来的。过去的韵书即有字典的性质，可以按韵查字。

读诗应连同注一起看。王琦注李白诗，仇兆鳌注杜甫诗，都很不错，可以一读。

"诗话"一类的书有利，也有弊。有利是可以启发思维，帮助欣赏；不利在容易被它牵着鼻子走。研究《文心雕龙》不能不读作品，所以应当先读《文选》。

过去有人写诗为了押韵，将人名、地名做一些变化。如《论语·宪问》有"微管仲，吾其被发左衽矣"之句，微者，没有也。后人写诗，居然有这样的句子："功参微管"，这就文义不通，只是为押韵了。

中学生，副教授。博不精，专不透。

名虽扬，实不够。高不成，低不就。

瘫趋左，派曾右。面微圆，皮欠厚。

妻已亡，并无后。丧犹新，病照旧。

六十六，非不寿。八宝山，渐相凑。

计平生，谥曰陋。身与名，一齐臭。

辑四

纸上有畸魂

祖父选的诗①

　　我十二岁才入正规的小学，但这不等于说我十二岁才学文化。我的启蒙老师是我的姑姑和我的祖父。

　　我对姑姑非常尊敬，旗人家没出嫁的姑娘地位很高，而我姑姑又决心终身不嫁，帮助我的寡母抚养我，把自己看成支持这个家的顶梁柱、男人，所以我一直管她叫爹爹。作为家长，她明白，要改变我和我家的窘状，首先要抓对我的教育和培养，使我学有所成。我姑姑虽然没有太高的文化，但还是想尽一切办法，尽力教我一些简单的知识，比如把常用字都写在方寸大的纸片上，一个个地教我读写，有如现在的字卡教学，虽然不十分准确，但常用字总算都学会了。

　　我的祖父特别疼爱我，他管我叫"壬哥"。我从小失去父亲，所以他对我的教育格外用心。我祖父的字写得很好，他又把常用字

---

① 节选自《启功口述历史》第一章，篇名为编者所加。

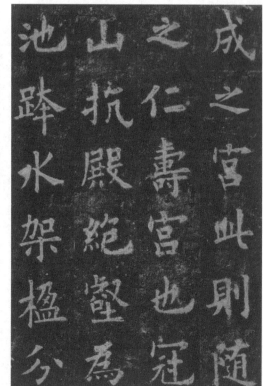

[唐]欧阳询《九成宫醴泉铭》李琪藏本（局部）
现藏故宫博物院

用漂亮标准的楷书写在影格上，风格属于欧阳询的九成宫体，我把大字本蒙在上面，一遍一遍地描摹，打下了日后学习书法的基础。这些字样我现在还留着。他还教我念诗。至今我还清楚地记得他用一只手把我搂在膝上，另一只手在桌上轻轻地打着节拍，摇头晃脑地教我吟诵东坡《游金山寺》诗的情景：

> 我家江水初发源，宦游直送江入海。
> 闻道潮头一丈高，天寒尚有沙痕在。
> 中泠南畔石盘陀，古来出没随涛波。
> ……　……

> 江山如此不归山，江神见怪惊我顽。
>
> 我谢江神岂得已，有田不归如江水！

他完全沉醉其中，我也如此，倒不是优美的文辞使我沉醉，因为我那时还小，并不理解其中的含义，我祖父也不给我逐字逐句地解释，但那抑扬顿挫的音节征服了我，我像是在听一首最美丽、最动人的音乐一样，这使我对诗产生了浓厚的兴趣。如果说我日后在诗词创作上取得了一定成绩，那么可以说是诗词的优美韵律率先引领我走进了这座圣殿。当然，随着学历与阅历的增加，我对这样的诗也都有了深刻的理解，所以这些诗我至今仍能倒背如流。祖父所选的诗有时显然带有更深的寓意。我记得他教我读过苏轼的《朱寿昌郎中，少不知母所在，刺血写经，求之五十年，去岁得蜀中，以诗贺之》：

> 嗟君七岁知念母，怜君壮大心愈苦。
>
> 羡君临老得相逢，喜极无言泪如雨。
>
> 不羡白衣作三公，不爱白日升青天。
>
> 爱君五十著彩服，儿啼却得尝当年。
>
> …… ……

这首诗后面还有很多典故，前面的这些描写与我的具体情况也不尽吻合，但祖父的用心是非常明显的，我也是十分清楚的，就是叫我从小知道当母亲的不易，应该一直热爱母亲。这样的诗，我怎敢不终身牢记呢？

歌以
咏志

念兹在兹永保贞吉

[清]姚孟起
《临九成宫醴泉铭》墨迹本
藏处不详

九成宮醴泉銘，祕書監撿挍侍中鉅鹿郡公臣魏徵奉勅撰。

維貞觀六年孟夏之月，皇帝避暑乎九成之宮，此則隨之仁壽宮也。冠山抗殿，絕壑為池，跨水架楹，分巖竦闕，高閣周建，長廊四起，棟宇膠葛，臺榭參差，仰視則迢遞百尋，下臨則崢嶸千仞，珠璧交映，金碧相暉，照灼雲霞，蔽虧日月。觀其移山迴澗，窮泰極侈，以人從欲，良足深尤，至於炎景流金，無鬱蒸之氣，微風徐動，有淒清之涼，信安體之佳所，誠養神之勝地，漢之甘泉不能尚也。

皇帝爰在弱冠，經營四方，逮乎立年，撫臨億兆，始以武功壹海內，終以文德懷遠人，東越青丘，南踰丹徼，皆獻琛奉贄，重譯來王，西暨輪臺，北拒玄闕，並地列州縣，人充編戶，氣淑年和，邇安遠肅，群生咸遂，靈貺畢臻，雖藉二儀之功，終資一人之慮。遺身利物，櫛風沐雨，百姓為心，憂勞成疾，同堯肌之如臘，甚禹足之胼胝，針石屢加，腠理猶滯。爰居京室，每敝炎暑，群下請建離宮，庶可怡神養性，聖上愛一夫之力，惜十家之產，深閉固拒，未肯俯從，以為隨氏舊宮，營於曩代，棄之則可惜，毀之則重勞，事貴因循，何必改作。於是斷彫為樸，損之又損，去其泰甚，葺其頹壞，雜丹墀以沙礫，閒粉壁以塗泥，玉砌接於土階，茅茨續於瓊室，仰觀壯麗，可作鑒於既往，俯察卑儉，足垂訓於後昆。此所謂至人無為，大聖不作，彼竭其力，我享其功者也。

然昔之池沼，咸引谷澗，宮城之內，本乏水源，求而無之，在乎一物，既非人力所致，聖心懷之不忘，粵以四月甲申朔，旬有六日己亥，上及中宮，歷覽臺觀，閒步西城之陰，躊躇高閣之下，俯察厥土，微覺有潤，因而以杖導之，有泉隨而涌出，乃承以石檻，引為一渠，其清若鏡，味甘如醴，南注丹霄之右，東流度於雙闕，貫穿青瑣，縈帶紫房，激揚清波，滌蕩瑕穢，可以導養正性，可以澄瑩心神，鑒映群形，潤生萬物，同湛恩之不竭，將玄澤之常流，匪唯乾象之精，蓋亦坤靈之寶。

謹案禮緯云，王者刑殺當罪，賞錫當功，得禮之宜，則醴泉出於闕庭，鶡冠子曰，聖人之德，上及太清，下及太寧，中及萬靈，則醴泉出，禮斗威儀云，君乘金而王，其政平，深山出醴泉，東觀漢記曰，光武中元元年，醴泉出京師，飲之者痼疾皆愈。然則神物之來，寔扶明聖，既可蠲茲沉痼，又將延彼遐齡，是以百辟卿士，相趨動色，我后固懷撝挹，推而弗有，雖休勿休，居崇茅宇，樂不般遊，黃屋非貴，天下為憂，人玩其華，我取其實，還淳反本，代文以質，居高思墜，持滿戒溢，念茲在茲，永保貞吉。

兼太子率更令臣歐陽詢奉勅書。

光緒九年姚孟起臨北宗本

附

游金山寺

[北宋]苏轼

我家江水初发源，宦游直送江入海。

闻道潮头一丈高，天寒尚有沙痕在。

中泠南畔石盘陀，古来出没随涛波。

试登绝顶望乡国，江南江北青山多。

羁愁畏晚寻归楫，山僧苦留看落日。

微风万顷靴文细，断霞半空鱼尾赤。

是时江月初生魄，二更月落天深黑。

江心似有炬火明，飞焰照山栖鸟惊。

怅然归卧心莫识，非鬼非人竟何物？

江山如此不归山，江神见怪惊我顽。

我谢江神岂得已，有田不归如江水。

儿时的经历 ①

我从两三岁时起，有时住在河北省易县。原来，我曾祖从察哈尔都统任上去职后，为表示彻底脱离官场，便想过一种隐居的生活。他有一个门生叫陈云诰，是易县的大地主、首富。他曾在我曾祖做学政时，考入翰林，后来又成为著名的书法家，写得一手好颜体，丰满遒劲，堂皇大气，直到解放后，一直在书法界享有盛誉。他愿意接待我的曾祖，于是我也常随祖父到易县小住。至今我还会说易县话。

现在由北京到易县用不了两小时，但那时要用一天，坐火车先到高碑店，然后再坐一种小火车到易县。我从小身体不好，经常闹病。而易县多名医，因为很多从官场上退下来的老官僚都喜欢退居那里，于是有些名医便在那里设医馆，专门为他们看病。其中有一家著名的孔小瑜（音，著名中医孔伯华的父亲）医馆，祖父便乘机常带我

---

① 节选自《启功口述历史》第一章，篇名为编者所加。

启功《云山秋意图》

到那儿去看病，吃了不知多少服药，有时吃得呕吐不止，但始终不见有什么明显效果，他们反而说我服药不当，违背了药性。所以从小时起，我就对中医不感兴趣。晚年回忆儿时的这段经历，我写过一首对中医近似戏谑的诗：

> 幼见屋上猫，啖草愈其病。
>
> 医者悟妙理，梯取根与柄。
>
> 持以疗我赢，肠胃呕欲罄。
>
> 复诊脉象明："起居违药性。"

现在有人捧我为国学大师，他们认为既然是国学大师，一定深信国医，所以每当我闹病时，总有很多人向我推荐名中医、名中药，殊不知我对此一点儿兴趣也没有。经过长期的总结，我得出两条经验：在中医眼里没有治不好的病，哪怕是世界上刚发现的病；在西医眼里没有没病的人，哪怕是体魄再健壮的人。当然，这仅是我的一己之见，我并不想也无权让别人不信中医。

那
堪
遗
事
①

　　我十岁那年，是家中生活最困难的时候。大年三十夜，我的曾祖父去世，按虚岁，刚进七十。本应停灵二十一天，但到第十八天头上，我那位吃错药的二叔祖也死了，结果只停了三天，就和我曾祖父一起出殡了，俗称"接三"。而在我曾祖父死后的第五天，即大年初四，他的一位兄弟媳妇也过世了。三月初三，我续弦的祖母又死去，七月初七我祖父也病故。不到一年，我家连续死了五个人，而且都是各人因各人的病而死的，并非赶上什么瘟疫，实在是有些奇怪，要说凑巧，也不能这么巧啊！如果说十年前，父亲的死揭开了我家急速衰败的序幕，那么这一年就是我家急速衰败的高潮。我真正体会到什么叫"呼啦啦如大厦倾"，什么叫"家败如山倒"，什么叫"一发而不可收拾"。我们不得不变卖家产——房子、字画，用来发丧，偿还债务，那时我家已没有什么特别值钱的东西了，我记得卖钱最多的是一部局版的《二十四史》。十年前我父亲死，我是孝子，现

① 节选自《启功口述历史》第一章，篇名为编者所加。

在曾祖父死，我是"齐衰（zī cuī）五月曾孙"，即穿五个月的齐衰丧服——一种齐边孝服。祖父、祖母死，我是独长孙，在发丧的时候，我都要做丧主、"承重孙"，因此我在主持丧事方面有充分的经验。但这对于一个十岁的孩子，精神上的负担和打击也过于沉重了！……

不到一年连续死了这么多人，但对我打击最大、最直接的是祖父的死。我父亲的死，使我母亲和我失去了最直接的指望，但好在还有我祖父这层依靠，他冲着自己唯一的亲孙子，也不能不照管我们孤儿寡母。现在这层依靠又断了，而且整个家族确实到了山穷水尽的地步。

我们生活的最基本保证——吃饭和穿衣都成了最实际的问题。也许真的是天无绝人之路吧，这时出现的真情一幕让我终生难忘。

原来，我祖父在做四川学政时，有两位学生，都是四川人，一位叫邵从愿，一位叫唐淮源。他们知道我家的窘况后，就把对老师的感激，报答在对他遗孤的抚养上。他们带头捐钱，并向我祖父的其他门生发起了募捐，那募捐词上的两句话至今让我心酸，它也必定打动了捐款人："孀媳弱女，同抚孤孙。"孀媳是指我的母亲，弱女是指那没出嫁、发誓帮助我母亲抚养我的姑姑。结果共募集了2000元。邵老伯和唐老伯用这2000元买了七年的长期公债，每月可得30元的利息，大体够我们一家三口的基本花销了。而邵老伯和唐老伯就成了我们的监护人。我祖父死后，家族里的人，觉得家里没个男人，单过有困难，便让我们搬到我六叔祖那里，我们虽然不喜欢他，但也不好回绝族里的好意，便搬过去单过。邵老伯和唐老伯也不把公债交给我六叔祖，一开始每月还带着我六叔祖和我一起去取利息，表明他们秉公从事，只起监护作用，后来就只带我一个人去。我从十一岁到十八岁的生活来源以及学费靠的就是这笔款项了。

邵、唐二位老伯不但保证了我们的经济来源，而且对我的学业十分关心。邵老伯让我每星期都要带上作业到他家去一趟，当面检查一遍，还不时地提出要求和鼓励。有时我贪玩儿，忘了去，他就亲自跑上门来检查。我本来就知道上学的机会来之不易，再加上如此严格的要求，岂敢不努力学习。唐老伯那时经常到中山公园的"行健会"跟杨派太极拳的传人杨澄甫练习太极拳，我有时也去，唐老伯见到我总关切地询问我的学业有什么进步。一次，我把自己刚作的、写在一个扇面上的四首七律之一呈给他，诗题为《社课咏春柳四首拟渔洋秋柳之作》：

> 如丝如线最关情，斑马萧萧梦里惊。
>
> 正是春光归玉塞，那堪遗事感金城。
>
> 风前百尺添新恨，雨后三眠殢宿醒。
>
> 凄绝今番回舞袖，上林久见草痕生。

这首诗写得很规整，颇有些伤感的味道，不料，唐老伯看到我的诗有了进步，竟感动得哭了，一边哭一边说："孙世兄（这是他对我客气的称呼）啊，没想到你小小的年纪就能写出这样有感情的好诗，你祖父的在天之灵也会高兴的。不过，你不要太伤感了，你要保重啊。"听了他的一番话，我也感动得潸然泪下，那情景今天还历历在目。这都激励我要更好地学习，来报答他们。

心畬先生和我 ①

　　我十八九岁的时候渐渐在诗画方面有了些小名气，在一次聚会中遇到心畬先生，他是个爱才的人，便让我有时间到他那儿去，那时他住在恭王府后花园的萃锦园。但我的母亲早就教导我说，对于贵亲，要非请莫到，这条经验还是从袁枚的《随园随笔》中得来的：四任两江总督的尹继善，说袁子才就是"非请莫到"。但心畬先生却是真的爱才，在日后有见面机会时，他总是问我为什么不去，这样我才敢经常登门求教。

　　他对我的教授和影响是全面的。

　　他把诗歌修养看作艺术的灵魂，认为搞艺术，特别是书画艺术当以诗为先，诗作好了书画自然就好了。他高兴的时候，还把他的诗写在扇面上送给我，我至今还保留着他小行草的《天津杂诗》的

---

① 节选自《启功口述历史》第二章，篇名为编者所加。

[近现代] 溥心畬《牧牛图》
现藏台北故宫博物院

[近现代] 溥心畬《花鸟图》
现藏台北故宫博物院

扇面。我其实最想向他学画，但每次提起，他总是先问作诗了没有。后来我就索性向他请教作诗的方法。他论诗主"空灵"，但我问他什么是空灵，他从来没正面回答过，有一回甚至冒出一句"高皇子孙的笔墨没有一个不空灵的"，我听了差点儿笑出来。

为了让我体会什么是空灵，他让我去读王（维）、孟（浩然）、韦（应物）、柳（宗元）四家集。这是他心目中"空灵"的最高境界。但我读了之后，并没什么太多的收获。王维的作品原已读了很多，并没什么新体会；孟浩然的作品料太少，没什么味道；柳宗元的作品太冷峻，也不太合我的胃口；只有韦应物的作品确实古朴清新，给我一些新启发。溥心畬的诗作很符合他自己提倡的"空灵"说。他早年有一本手写石印的《西山集》，后来又出了一本《寒玉堂诗集》，其中虽保留《西山集》的名目，但比我最先看到的要少了一些，其中有《落叶》四首。我见到这四首他是写在一小张高丽笺上的，他拿给我看，我非常喜爱，他就送给我。我把它夹在一本保存师友手札的册页中，放到一个箱子里，就没再动过，保留到现在。而《寒玉堂诗集》却没收这四首，不知是不是原稿已经遗失，但幸好，我当时一边吟赏，一边已把这四首背了下来，即使我的收藏不在了，我仍然能把它们补上。我不妨背两首，也可看看他的"空灵体"到底是什么风格：

昔日千门万户开，愁闻落叶下金台。

寒生易水荆卿去，秋满江南庾信哀。

西苑花飞春已尽，上林树冷雁空来。

平明奉帚人头白，五柞宫前梦碧苔。

微霜昨夜蓟门过，玉树飘零恨若何。

楚客离骚吟木叶，越人清怨寄江波。

不须摇落愁风雨，谁实催伤假斧柯。

衰谢兰成应作赋，暮年丧乱入悲歌。

　　这种诗文辞优美，音调摇曳，外壳很像唐诗，但内在的感情却有些空泛，即使有所寄托，也过于朦胧。所以当时著名学者，溥仪的师傅陈宝琛说"儒二爷尽做'空唐诗'"。这一评价挺准确，在当时就传开了。后来又有一位老先生，也是我汇文的老师，叫郑骞，把"空唐诗"误传为"充唐诗"，如果真的以此评价，又未免贬之过甚了。读他的"空唐诗"多了，我也会仿作。有一次我画了一个扇面，想让他指点，但他一向是一提画就先说诗，所以我特意在扇面上又作了一首题画诗：

八月江南岸，平林欲著黄。

清波凝暮霭，鸣籁入虚堂。

卷幔吟秋色，题书寄雁行。

一丘犹可卧，摇落慢神伤。

　　他接过扇面，果然先不看画，而看诗，仔细吟读了一会儿之后，突然问我："这是你作的吗？"我忍着笑回答："是。"他又反复看了一阵，又问："真是你作的吗？"这回我忍不住笑了，答道："您就说像不像您的诗吧？"他也高兴得笑了起来，这才对我的画作了一些评点。现在检点我年轻时的一些诗，在心畬先生的影响下，确实有几首类似他的风格，但那仅是仿作，之后就很少有这类作品了。

[清] 恽寿平
《秋海棠图》
现藏上海博物馆

259

　　那时在心畬先生那儿学诗还有一个机会：每年当萃锦园的西府海棠盛开时，心畬先生必定邀请当时知名文人前来赏花。在临花圃的廊子上随便设些桌椅茶点，来的人先在素纸长卷上签名，然后从一个器皿中拈取一个小纸卷，上面只注一个字，即赋诗时所限的韵。来人有当场作的，也有回去补的。这是真正的文人雅集，类似这样的雅集，还有溥雪斋的松风草堂。溥雪斋先生是著名的书画家，而且精通音乐，他那里的集会多以书画、弹琴为主，每次集会，俨然就是一次小型的画会或古乐音乐会。

　　有时还作"押诗条"（也称"诗谜""敲诗""打诗宝"）的游戏，这是当时文人的一种带有赌博性质的文字游戏。方法是把古人的一句诗写在一张长条纸上，但要隐去其中一字，而把它写在纸尾，另配四字，写在旁边。猜的人从五字中选择一字，选中为胜。游戏者可选择不同的赔率，如一赔三，即下注一元，出诗的赔三元。直到20世纪50年代，我和溥雪斋先生、王世襄先生还在张伯驹先生家玩过这种游戏。不过我们玩得比纯以赌博为目的的更复杂，不但出一句，而且出一首，每句都可押一字或一词。这种游戏对练习琢磨古人是如何用字遣词是很有帮助的。我的《启功韵语》中有几首"社课"之作，都是在那种背景下写的，只不过有些作品已经超出当时的环境借题发挥了。如这首《社课咏福文襄故居牡丹限江韵》：

　　　　东栏斗韵秉银缸，尊酒花时集皓厖。
　　　　易主园林春几许，应图骨相世无双。
　　　　碧红色乱苍苔砌，楼阁香凝玉女窗。
　　　　莫问临芳当日事，寸根千载入危邦。

　　如果说前边的一些描写还有"空唐诗"的痕迹，那么结尾的"寸根千载入危邦"就别有用意了，因为那时溥仪刚刚离开天津，只身潜到东北，我对他的前途充满忧虑。这些作品交卷时，总会得到别人的一些指教。我记得经常出入心畬先生公馆和宴集的有一位福建人李宣倜，号释堪，行十三，"十三"的音，正好和"释堪"相近，大家就称他为"李十三"；还有一位叫李拔可，行八，大家根据谐音称他为"李八哥"。每当我拿着习作向他们请教时，他们能分析出某首诗先有的哪句，后凑的哪句，哪句好，哪句不好，为什么押了这个韵，分析得头头是道，令我很佩服，很受教益。

我的诗词创作

我终生不辍的另一项事业是诗词创作。20 世纪 80 年代后，我陆续出版了《启功韵语》《启功絮语》《启功赘语》共七百多首诗，后中华书局把它们合并到《启功丛稿·诗词卷》，北京师范大学出版社又出版合卷的注释本，定名为《启功韵语集》。

我从小就喜欢古典诗词，当祖父把我抱在膝上教我吟诵东坡诗的时候，那优美和谐、抑扬顿挫的节调就震撼了我幼小的心灵，我觉得它是那么动人、那么富有魅力，学习它绝对是一件有趣的事，而不是苦事。从此我饶有兴致地随我祖父学了好多古典诗词，自己也常找些喜爱的作家作品阅读吟咏，背下了大量的作品，为日后的创作奠定了良好的基础。

我开始进行正式的创作是在参加溥心畬等人举办的聚会上，那时聚会常有分题限韵的创作笔会，我日后出版的《启功韵语集》中开头的几首"社课"的诗就是那时的作品。那时溥心畬是文坛盟主，他喜欢作专学唐音的那路诗，甚至被别人戏称为"空唐诗"，受他的影响我也作这种诗，力求格调圆美、文笔流畅、词汇优雅，甚至令溥心畬都发出"这是你作的吗"的感慨。

但这种诗并没有更多的个人情志，我之所以这样作，一来是应当时的环境，二来是向他们证明我会这样作。后来我就很少写这样的作品了，三十岁左右写的《止酒》《年来肥而喜睡》等诗就紧扣自己的生活来写，笔调也逐渐放开，那种嬉笑诙谐、杂以嘲戏的风格逐渐形成。如《止酒》写自己的醉态：

> …… ……
>
> 席终顾四座，名姓误谁某。
>
> 蹒跚出门去，囷圙堕车右。
>
> 行路讶来扶，不复辨肩肘。
>
> 明日一弹冠，始知泥在首。
>
> …… ……

而那种传统的调子我也没丢。解放后、反右前我没怎么作诗，大概那时教学和文物鉴定工作都比较忙。反右后我的很多热情都被扼杀了，如绘画，但诗词创作却是例外，大约是"诗穷而后工"的法则起了作用，但我从来没直接写过自己的牢骚，只是写自己的一些生活感受，如《寄寓内弟家十五年矣。今夏多雨，屋壁欲圮，因拈二十八字》：

> 东墙雨后朝西鼓，我床正靠墙之肚。
>
> 袒腹多年学右军，如今将作王夷甫。

说自己多年学习书法，而现在发愁的是将要被快倒的墙压死。
1971 年借调到中华书局整理《二十四史》，是我苦中作乐，多事
之秋且比较闲的一段，也是我诗词创作较为活跃的一段。那时我身
体不好，患有严重的眩晕症，经常天旋地转，甚至晕倒。这一段光
歌咏患病的作品就有十五六首之多，再加上那时我已年过"知天命"
之年，对世事人生都看开了，于是那种自我调侃、自我解嘲的风格
达到了高峰。也许有人对我的这些诗有不同的看法，贬我的人说我
油腔滑调，捧我的人说我超脱开朗，这也许都不无道理，但如果把
它放在那个时代来看，大概我只能自己开自己的玩笑了。如《鹧鸪天·
就医》：

浮世堪惊老已成，这番医治较关情。

一针见血瓶中药，七字成吟枕上声。

屈指算，笑平生。似无如有是虚名。

明天阔步还家去，不问前途剩几程。

"拨乱反正"后的 20 世纪 80 年代、90 年代是我诗词创作的
高潮，八成的作品作于这一时期。内容包括奉答友人、题跋书画、
论诗论艺、生活随感、题咏时事、记录旅迹等，可能是与古代所有
的诗人一样，我自觉晚年的作品更趋于风格多样和"渐老渐熟"，
框框更少，写起来更加随意了。以上是我对创作道路的简单回顾。

总结一生的诗词创作，我有以下一些体会：

首先，我认为作古典诗词就应该充分发挥古典诗词的优点和
特色，这首先体现在优美的格律上。我从小喜欢诗词并不是因为它
的文字，而是它的韵律，因为那时我对文辞的意义并不真正了解。

启功《美尼尔氏综合征·言前辙》

韵律包括协韵和平仄，它体现了汉语诗歌的音乐性。从广义上说，中国的诗歌始终是一种音乐文学，而不仅是案头文学。最初的诗三百、乐府，以及后来的宋词、元曲，都是可唱的，而且很多唐诗也是可唱的，称为"声诗"，而其他的诗也是可以吟诵的。这显然是由汉语语音本身的特点决定的。汉语的音节多以元音结尾，舒展悠扬，押韵效果强。而汉语又属于有声调的汉藏语系，本身带有高低起伏、抑扬顿挫的变化，我们必须利用这种特点组合语言，从而达到美诵与美听的效果，否则岂不白白浪费了这个特点？如果把诗篇比成一座美丽的殿堂，那么汉语的语言材料就不仅是一堆砖头，怎么砌都一样；组合好了，它就可以变成优美的浮雕，因为它本身就带有优美的艺术性。我们的先人自古就发现、利用了这一特点和优点，才创造了具有民族特色的中国诗歌。

有一种观点认为，中国的声律学是起自六朝沈约等人，而他们之所以发现四声的特点又是在翻译佛经时受到梵文的启发。我坚决反对这种观点，说它是崇洋媚外也不过分。只要我们翻翻《诗经》《楚辞》以及《史记》，就能找到大量的例证，证明古人早就在诗中，甚至是散文中注意到语言的声调搭配，只不过到六朝时逐渐找到声调的最佳组合，逐渐形成了规律，产生了更为严格，也更为优美的律诗，而后的词曲句式仍然要符合它的基本要求。

我们今天写古诗，特别是律诗和使用律句的词，一定要坚持这些固有的原则，但随着时代的发展，也应作一些技术上的调整。简而言之可以概括为"平仄须严守，押韵可放宽"十个字。所谓"平仄须严守"，是因为只有按照平平仄仄这样的音调去排列组合，声音才能好听，才能把汉语的音调特色发挥出来，而不至埋没它的光彩。这里存在这样一个问题，即自《中原音韵》产生后，那时的北方话和现在的普通话已经没有了入声，它们分别派入平声、上声、去声中。在读古诗时，派入上声和去声对普通话问题还不大，派入平声，如果按照格律此处本应读仄声，则必须按古音读，如不会读古入声，哪怕按通例读成和缓的降调也好，因为只有这样才能读出韵律之美。

而我们在作律诗时，按规律本应读仄声的地方使用了派入为平声的古入声字，这本不错，读时就按入声处理即可；而该平声的地方，最好不要使用派入平声的古入声，不得已而用时，最好注明"按今音读"，这样才能保证平仄的严格性。所谓"押韵可放宽"，是因为从《切韵》、《广韵》、《礼部韵略》、"平水韵"直到后来的《中原音韵》、"十三辙"，说明汉语押韵的现象和方法是在不断变化的，大趋势是逐渐由苛细到宽简。

古代的《韵书》大多只对当时诗赋科考有制约力，而一般的文人在平时作诗时也不会刻意地遵循它，宋代的杨万里、魏了翁等都有明确的言论提及这种现象。而在科考中也不断出现很难遵守韵书的情况，如清代的高心夔两次科考都因押"十三元"韵出了问题，从而两次以"四等"的成绩而落榜，以致王闿运讥讽他为："平生双四等，该死十三元。"既然押韵是随着时代语音的发展变化而变化的，我们今天作诗当然也可根据现代语音的特点有所变化。原来我还是比较讲究用古韵的，但总不能身上老带一本韵书啊，比如住院，无法检点是否合韵书，只好凭自己的感觉来合辙押韵，起初还以用十三辙或词曲韵之类为借口，后来越发地手滑，索性怎么顺口怎么来。因为"韵"本身就带有平均、和谐、顺溜的意思，比如有人批评南朝和尚支遁喜养马为"不韵"，请问和尚养马有什么韵不韵的问题？就是因为马贵腾骧，僧贵清净，所以显得不协调。因此只要念着顺口，听着顺耳，就是合辙押韵。后来我在《启功絮语》中写了这样四句话作为对这个问题的总结：

> 用韵率通词曲，隶事懒究根源。
>
> 但求我口顺适，请谅尊听絮烦。

其次，我认为反映现实、表现生活应有多种形式。就事论事、直抒胸臆是一种方式，寄托、比兴也是一种方式。两种方式因人而异，因事而异，不能说哪种优于哪种。我们北师大有位钟敬文先生，诗作得很好，承蒙他看重，他对我的诗谬赏有加。但我们两人的写法却很不一样，他属于那种纯写实的写法，每首诗的题目都紧扣现实，都是根据当时的某一事件而来的，写起来也多采取直抒胸臆的手法。而我则认为诗不应太直接地叙写时事，不应太就事论事，而要把它化为一种生活感受和思想情绪加以抒发，写的时候应更多地采取寄托、象征的手法，也就是借助写景咏物等手法来委婉含蓄地加以表现。

反过来说，寄托象征、委婉含蓄不等于不写实，只是另外的一种写实，这也是中国古典诗歌的传统之一。总之我们应该全面正确地理解表现生活、反映现实，不要把它理解得太机械、太死板、太表面化。如我写的《杨柳枝二首》：

> 绮思余春水一湾，流将残梦出关山。
>
> 王孙早惜鹅黄缕，留与今朝荡子攀。

> 青骢回首忆长杨，玉塞春迟月有霜。
>
> 一样春风吹客梦，独听羌管过临潢。

这两首诗表面看来和传统的借咏柳而写离别并没什么不同，但它们的含义远不这样简单。这首诗作于 1944 年汪精卫死于日本之后，第一首"流将残梦出关山"指汪精卫最后叛离祖国，"王孙"指清末摄政王载沣，"荡子"指日本人，当年汪精卫刺杀摄政王，未遂被捕，摄政王反而保释了他，才给他留下日后投靠日本人的机会，成了日本人任意摆弄的工具，而汪精卫本人则像是"这人攀了那人攀"的"杨柳枝"。第二首"玉塞春迟月有霜"是说东北沦陷后一直没有明媚的春光，后两句用典：当年金灭北宋，曾扶植刘豫傀儡政权，刘豫失宠后被迫徙于金人指定的临潢，并死在那里，这和汪精卫最后被弄到日本，并死在日本一样。应该说我这首诗的主题完全是写实的，只是和一般的直抒胸臆的写法不同罢了，我更偏爱含蓄、寄托的手法。当然，我也有直接写实的作品，如我一连气作了八首《鹧鸪天》，写"乘公共交通车"的拥挤状况，不是"身经百战"的人是写不出来这样亲身感受的。

还有，我主张"我手写我口"，或者说得更明白、更准确些是"我手写我心"，即一定要写出真性情、真我。

我写过这样的诗句："天仙地仙太俗，真人唯我髯苏。"我认为苏轼的诗之所以好主要是因为他写出了真性情。"美成一字三吞吐，不是填词是反刍。"我之所以不喜欢周邦彦的词，是因为他在表情时总是吞吞吐吐，把没味道的东西嚼来嚼去。"清空如话斯如话，不作藏头露尾人。"李清照的词之所以可爱是因为她敢于用明白如话的语言写自己的真情实感，而从不隐藏。"非唯性癖耽佳句，所欲随心有少陵。"杜甫的伟大不仅在于他善于锤炼，"语不惊人死不休"，更在于他的随心所欲，不受任何局限地表现自己的所思所想。"我爱随园心剔透，天真烂漫吓人时。"袁枚的真心没有一丝的矫揉造作，始终葆有童真一般的天真烂漫，仅凭这一点就够惊世骇俗了。"有意作诗谢灵运，无心成咏陶渊明。"谢灵运的诗之所以不好是因为他太做作了，而陶渊明的诗之所以好，恰恰是因为他的无心，而无心才能无芥蒂，无芥蒂才能有真性情。我觉得诗的最高境界是："佳者出常情，句句适人意。终篇过眼前，不觉纸有字。"让读者不必在文字上费工夫就能领略作者的情意。总而言之就是要做到诗中有我，让别人一读就知道是"我"的诗。

我觉得我很多诗大抵能达到这一点。如我的《痛心篇》二十首，文辞都很简单明了，但都是我"掏心窝子"的话，我觉得我对老伴的真情根本不需要通过修饰去表达，最家常、最普通、最浅显的话就能，也才能表达我最真挚、最独特、最深切的感情，这就是"不觉纸有字"吧。很多读者喜欢它们，也是因为读出了其中的真感情。又如我这个人喜欢"开哄"，因此诗中常有些"杂以嘲戏"的成分，正像我自嘲的那样"油入诗中打作腔"，我以能表现自己的这个特点为能事，使人一看就知道这是启功的诗，而不怕别人讥我的诗是"打油诗"。这就是"我手写我口"——把自己的个性表现出来。如我爱拿自己的病和不幸经历来调侃，别人给我写诗是绝对不会这样写的，而和我有同样经历的人，由于性格不同，大概也不会这样写。如调侃我的眩晕症的《转》：

> "别肠如车轮，一日一万周。"
>
> 昌黎有妙喻，恰似老夫头。
>
> 法轮亦常转，佛法号难求。
>
> 如何我脑壳，妄与法轮侔。

秋波只一转，张生得好逑。

我眼日日转，不获一雎鸠。

日月当中天，倏阅五大洲。

自转与公转，纵横一何稠。

团圞开笑口，不见颜色愁。

转来亿万载，曾未一作呕。

车轮转有数，吾头转无休。

久病且自勉，安心学地球。

我想，只有像我这样得过眩晕症，又熟读过韩愈诗和《西厢记》，并喜说佛法，且敢于自嘲的人才能写出这样的诗。又如我的《自撰墓志铭》：

中学生，副教授。

博不精，专不透。

名虽扬，实不够。

高不成，低不就。

瘫趋左，派曾右。

面微圆，皮欠厚。

妻已亡，并无后。

丧犹新，病照旧。

六十六，非不寿。

八宝山，渐相凑。

计平生，谥曰陋。

身与名，一齐臭。

自撰墓志铭　一九七七年作

中学生，副教授。博不精，专不透。名虽扬，实不够。高不成，低不就。瘫趋左，派曾右。面微圆，皮欠厚。妻已亡，并无后。丧犹新，病照旧。六十六，非不寿。

计平生，谥曰陋。身与名，一齐臭。

韵脚上去通押，如溜见顾亭林唐韵正

　　有人称这类诗为"启功体"或"元白体"，起码说明它写出了我的个性，对这个称号我是非常愿意接受的。

　　最后，我认为应该把继承传统与勇于创新结合起来。现在古典诗词的创作热潮空前高涨。但想写出好作品却不容易，它必须符合两个基本的原则：既要继承，又要创新。就继承说，因为我们要创作的是旧体诗词，所以无论从形式到神韵都必须有古典的味道，否则仅把句式切割成五言、七言或规定的长短句，然后完全用今人的思维方式、审美情趣和表达方式来写，即使写得再好，恐怕也难称为旧体诗。就创新说，因为是当代人写，所以不但要写出时代气息，而且要在创作风格上体现出新特点、新发展，否则从语言到情调都是旧的，那如何称当代人的作品？与其如此，还不如径直去读古人的作品，因为在这范畴内，我们作不过古人。只有将继承和创新完美地结合在一起，才是当代人写的古典诗词，才有价值。

　　这里面有很多具体问题。比如词汇和语言的运用，我们既要能熟练地掌握一大批生动精练、仍然富有生命力的古典词汇、古代典故，建立一个丰富的古典语库，使创作出的作品富有古色古香的书卷气；又要巧妙而恰当地使用现代词汇，现代典故，因为我们生活在新时代，不可能完全回避新词汇、新语言。如果在大量的作品中居然看不到任何新语言，那我们真要怀疑这些作品到底有多少新思想、新内容了。当然只有古典典故，一说病就是"文园消渴"，也过于贫乏。所以我的诗里面既有"函丈""宫墙""绛帐""后堂丝竹"等称老师、教席的古典词汇，也有"此病根源由颈部。透视周全，照遍倾斜度。骨质增生多少处。颈椎已似梅花鹿"这样大量使用现代词语和典故的作品。写到手滑处，甚至出现了"卡拉OK唱新声""一堆符号A加B"的句子，这种句子是好是坏，读者可以自加评判，我的意思是说一定敢于使用新语，而且要把使用古典语与使用现代语相结合。还要善于用浅显语写深意境，这比生搬硬套艰涩深奥的语言最后只能表达不知所云的意思要好得多。我有些诗就是追求这种效果，如《古诗二十首·其九》：

老翁系图圄，爱猫瘦且癞。

七年老翁归，四人势初败。

病猫绕膝号，移时气已塞。

人性批既倒，猫性竟还在。

当然继承与创新的最主要方面是在格调、意境、神韵上，是在古色古香的旧体形式上体现出新思想、新情感，也就是说，我们的观点、内容不能被传统题材、传统形式和传统手法所掩盖。比如说感慨时光易逝，人生苦短这是自古以来的传统题材，一般人作起来很难跳出古人的窠臼，于是我这样写：

造化无凭，人生易晓。

请君试看钟和表。

每天八万六千余，不停不退针尖秒。

已去难追，未来难找。

留他不住跟他跑。

百年一样有仍无，谁能不自针尖老！

又如，古来咏王昭君的诗词数不胜数，怎么能再写出新意？我在《昭君辞二首》的小序中写了这样一段话，可以代表我在这个问

启功作品

题上的观点：

> 古籍载昭君之事颇可疑，宫女在宫中，呼之即来，何须先
> 观画像？即使数逾三千，列队旅进，卧而阅之，一目足以了然。
> 于既淫且懒之汉元帝，并非难事。而临行忽悔，迁怒画师，自
> 当别有其故。按：俚语云"自己文章，他人妻妾"，谓世人最
> 常矜慕者也。昭君临行所以生汉帝之奇慕者，为其已为单于之
> 妇耳。咏昭君者，群推欧阳永叔、王介甫之作。然欧云"耳目
> 所及尚如此，万里安能制夷狄"，此老生常谈也。王云"汉恩
> 自浅胡自深，人生乐在相知心"，此激愤之语也。余所云"初
> 号单于妇，顿成倾国妍"，则探本之意也。论贵诛心，不计人
> 讥我"自己文章"。

不论我的这篇文和两首诗是否能达到"诛心"之论，但力求立
论新颖、深刻毕竟是我追求的首要目的。

忆辅仁①

启功与陈垣合影

　　陈垣先生任辅仁大学校长后，曾延聘多位学者到校任教。他看重的是真本领、真水平，而不拘泥哪个党派属性、哪个大学出身、哪个宗教信仰。物理、化学多请西方专家，文学院请沈兼士任院长，国文系请尹石公先生任主任，接替他的是余嘉锡先生，历史系请张星烺先生任主任，教授有刘复、郭家声、朱师辙、于省吾、唐兰等先生，可谓人才济济，使得后起的辅仁大学顿时与避寇西南的西南联大南北齐名。得益于是教会学校，尤其是董事会的权力实际由德国人把持，所以在沦陷期辅仁大学处于一种极特殊的地位：由于日本与德国是同盟的轴心国，所以日本侵略者不敢接管或干涉辅仁大学的校务，只派一名驻校代表细井次郎监察校务，而这位日本代表又很识相，索性不闻不问，听之任之，并没给学校带来什么更多的麻烦。为此日本投降后，陈校长还友好地为他送行，真称得上是礼尚往来，"人不犯我，我不犯人"了。

　　因此，在沦陷期，辅仁大学扮演了一个特殊的角色：那些想留在

---

① 节选自《启功口述历史》第三章，篇名为编者所加。

北京继续工作，又不愿从事伪职的学者，那些在北京继续学习，又不愿当日本的亡国奴的青年，便纷纷投向辅仁大学，使它的力量陡然增加，在社会上的影响也日益扩大。我就是在这种背景下进入辅仁大学的，我有一首《金台》诗就是咏这种情景的：

> 金台闲客漫扶藜，岁岁莺花费品题。
>
> 故苑人稀红寂寞，平芜春晚绿凄迷。
>
> 觚棱委地鸦空噪，华表干云鹤不栖。
>
> 最爱李公桥畔路，黄尘未到凤城西。

金台即指北京，因北京八景有"金台夕照"一说，"故苑"二句即咏沦陷区景色之凋零，"觚棱"二句是写沦陷区"人气"之衰微。"李公桥"即李广桥，辅仁大学所在地，"黄尘未到"就是指日寇的势力还不能笼罩辅仁大学之上。

我能来到这黄尘未到的清净之地，心里自然有一种解放的，甚至扬眉吐气的感觉，心情特别好。我这个人本来就非常淘气，也时常犯点儿坏，心情一愉快，便时常针对时局和学校的一些事编些顺口溜。如当时在一般情况下两个银圆可以买一袋白面，但和股票似的，时涨时落，学校管财务、收学费的就要算计，到底收银圆好，还是收白面好呢？我就作顺口溜道：

> …… ……
>
> 银圆涨，要银圆，银圆落，要白面。
>
> 买俩卖俩来回算，算来算去都不赚。
>
> 算得会计花了眼，算得学生吃不上饭。

抛出唯恐赔了钱，砸在手里更难办。

当时的校医由生物系的主任张汉民兼任，他做生物系教授挺高明，但做医生却不太高明，动不动就给人开消治龙（一种消炎药），要不就是打防疫针，总是这两样，好像《好兵帅克》里的那位军医，动不动就知道给人灌肠一样（现在想起来也不能怨他，那时学校肯定也没有别的药，再说日本人对得疫病的真活埋呀）。而且，他忙于工作和实验，到校医院找他经常扑空，于是我就给他也编了一个顺口溜：

校医张汉民，医术真通神。

消治龙，防疫针，有病来诊找不着门。

当时美术系办得很萧条，特别是西洋画，只学一点儿低劣的石膏素描和模特写生，而那些模特的水平也很差，都是花俩钱从街上临时雇来的，于是我编道：

美术系，别生气。

泥捏象牙塔，艺术小坟地。

一个石膏像，挡住生殖器。

两个老模特，似有夫妻意。

衣冠齐楚不斜视，坐在一旁等上祭。

画成模像展览会上选，挂在他家影堂去。

我还给连续涮我的那位院长写过顺口溜，他当过市参议员和"国大"代表，解放前，赶最后班机逃到台湾，于是我写道：

> 院长××真不赖，市参议员国大代。
>
> ……　……
>
> 事不祥，腿要快，飞机不来坐以待。

解放后，徐特立先生写信邀请他回来，保证他不会出任何问题，他真的回来了，入华北大学等革命大学学习培训后，被安排到北京市文史馆工作。他还特意让他的后太太，也是我认识的辅仁美术系的学生，请我到他家去叙叙。我觉得去见他难免两人都尴尬，特别是他要知道我给他写的顺口溜，里面还有大不敬的话，非得气坏了不可，便借故推辞了。

编顺口溜是我的特长，其实我小的时候跟祖父学的那些东坡诗，如《游金山寺》等，就是那时的顺口溜，我早就训练有素，所以驾轻就熟，张口即来。编完后还要在相好的同人间传播一下，博得大家开怀一笑。这时，乖巧的柴德赓学兄就郑重其事地告诫我："千万别让老师知道！"是啊，我当然明白，他好不容易把我招进辅仁，我尽干淘气的事，他知道了，还不得狠狠剋我。

淘气的还不止我一个，余嘉锡之子余逊也算一个。当时辅仁大学有一位储皖峰先生，做过国文系主任。他喜欢吸烟，又不敢吸得太重，刚一曝，就赶紧把手甩出去，一边抽，一边发表议论。他有些口头语，和他接触多了常能听到。比如提到他不喜欢的人，他必说："这是一个混账王八蛋。"不知是不是受他的影响，我现在评价我看不上的人时，也常称他为"混账"。又比如他喜欢卖弄自己经常学习，知识面广，就常跟别人说："我昨天又得到了一些新材料。"当别人发表了什么见解，提出意见时，他又常不屑一顾，总是反复说："也不怎么高明""也没什么必要"。于是我们这位余逊学兄把这几句话串起来，编成这样一则顺口溜：

> 有一个混账王八蛋，
>
> 偶尔得了些新材料，
>
> 也不怎么高明，
>
> 也没什么必要。

试想，不淘到一定的水平，能编出这样精彩的段子吗？所以这则顺口溜很快就流传开了，闻者无不大笑。当然那位柴德赓学兄又要提醒道："千万别让老师知道。"我至今也不知道，老师和储先生知道不知道这段公案，可惜已无法查对了。

当时文学院的年轻教师有牟润孙、台静农、余逊、柴德赓、许诗英、张鸿翔、刘厚滋、吴丰培、周祖谟等。这些人年龄差不多，至多不到十岁，之间可谓"谊兼师友"，经常在一起高谈阔论，切磋学业。抗日战争爆发后，好多位相继离开了辅仁，剩下关系比较密切的只有余逊、柴德赓、周祖谟和我四个人还留在陈校长身边，也常到兴化寺街陈校长的书房中去请教问题，聆听教诲。说来也巧，不知是谁，偶然在陈校长的书里发现一张夹着的纸条，上面写着我们四个人的名字，于是就出现了校长身边有"四翰林"的说法，又戏称我们为"南书房四行走"。

这说明我们四个人名声还不坏，才给予这样的美称。周祖谟先生的公子在提到"四翰林"时，总把周祖谟放在第一位，其实，按年龄"序齿"，应该是余逊、柴德赓、启功、周祖谟。余逊比我大

般若波罗蜜多心经

观自在菩萨行深般若波罗蜜多时，照见五蕴皆空，度一切苦厄。舍利子，色不异空，空不异色，色即是空，空即是色，受想行识，亦复如是。舍利子，是诸法空相，不生不灭，不垢不净，不增不减。是故空中无色，无受想行识，无眼耳鼻舌身意，无色声香味触法，无眼界，乃至无意识界。无无明，亦无无明尽，乃至无老死，亦无老死尽。无苦集灭道，无智亦无得。以无所得故，菩提萨埵，依般若波罗蜜多故，心无挂碍。无挂碍故，无有恐怖，远离颠倒梦想，究竟涅槃。三世诸佛，依般若波罗蜜多故，得阿耨多罗三藐三菩提。故知般若波罗蜜多，是大神咒，是大明咒，是无上咒，是无等等咒，能除一切苦，真实不虚。故说般若波罗蜜多咒，即说咒曰：揭谛揭谛，波罗揭谛，波罗僧揭谛，菩提萨婆诃。

般若波罗蜜多心经

启功《般若波罗蜜多心经》

281

七岁，柴德赓比我大四岁，周祖谟比我小两岁。

余逊是余嘉锡先生的公子，对余老先生非常孝敬，算得上是孝子。余老先生在清朝末年做过七品小京官，清朝灭亡后，曾到赵尔巽家教他的儿子赵天赐读书。尹石公辞职后，经杨树达先生推荐到辅仁大学做国文系主任，所以他对杨先生非常尊敬和感谢。余逊曾在一篇文章中批评杨先生某处考证有误，余老先生竟带着他到杨府，令他跪在杨先生座前当面赔礼。杨先生很大度，连说："用不着，用不着。"

余老先生学问优异，博闻强记。国民党统治时，设中央研究院，聘选院士，陈校长是评委，当第二天就要坐飞机到南京参加评选时，晚上余逊到陈校长那儿去，几乎和陈校长长谈彻夜，谈的都是他父亲如何用功，看过哪些书，做过哪些研究，写过哪些文章和著作，取得什么成就和影响，等等，确实了不得。他也不明说请陈校长如何如何，但用意是非常明显的；陈校长也不说我会如何如何，但心里已是有数的，彼此可谓心照不宣，后来果然评上了。还让曹家麒为他刻了一枚"院士之章"的大印。当然这都是余老先生的实力所致，大家都心服口服。他的二十四卷本，八十万字的巨著《四库提要辨证》，对《四库全书总目提要》的乖错违失作了系统的考辨，并对所论述的许多古籍，从内容、版本到作家生平都做了翔实的考证，对研究我国古代历史、文学、哲学及版本目录学，都具有重要的价值。他为此书的写作前后共耗费了约五十年的心血，确实是一部不朽的著作。其他如《目录学发微》更被别人"屡抄不一抄"（这是他自己的话，意思是抄来抄去），《古籍校读法》《世说新语笺疏》等也都是力作。

余老先生的治学非常严谨，他临终前，我到北京大学去探视，他还从抽屉里取出续作的《辨证》的底稿，字迹虽然不像以前那样端正工整了，但依然很少涂改，行款甚直。余老先生在辅仁还教过"秦汉史"，这部讲稿是余逊所作，他也毫不避讳，在堂上公开说："讲稿是小儿余逊所作。"父亲讲儿子的讲稿，儿子为父亲写讲稿，二人都很自豪，这在当时也传为美谈。可惜余逊去世较早，否则成就会更大。

柴德赓为人很乖巧，所以当我们淘气时，他总提醒我们千万别让老师知道。他对陈校长很尊重、很崇拜，也很能博得陈校长的喜欢。陈校长这个人有这样一个特点，特别是到晚年，谁能讨他喜欢，他就喜欢谁，认准谁，也就重用谁，即使这个人工于心计（这里的这个词不带任何贬义），或别人再说什么，他也很难听进去了。由于他能得到陈校长的信任，所以陈校长经常把自己研究的最新情况和最新心得告诉他，他也常在课堂上向学生宣传、介绍陈校长的研究成果，在这方面他是校长的功臣。历史系主任一直由张星烺担任，后因身体不好而辞职，陈校长便让柴德赓接任。后来据历史系人讲，有些人发起会议，当面指责他，把他说得一无是处，气得他面红耳赤，最后还是斗不过那些人，被排挤出辅仁，到吴江大学（后改为苏州师范学院）去任历史系主任。他在调任苏州后，曾写诗相寄，我读后不禁感慨万千，追忆当年友情，写下一首《次韵青峰吴门见怀之作》：

> 回环锦札夜三更，元白交期孰与京。
>
> 觉后今吾真大涤，抛残结习尚多情。
>
> 编叨选政文无害，业羡名山老更成。
>
> 何日灵岩陪蜡屐，枫江春水鉴鸥盟。

"编选"一句是说自己现在只能参加一些编写文选的工作，可鏡湖流水漾清波狂客歸舟逸興多山陰道士如相問應寫黃庭換白鵞故人西辭黃鶴樓煙花三月下揚州孤帆遠影碧空盡惟見長江天際流日照香爐生紫煙遙看瀑布挂前川飛流直下三千尺疑是銀河落九天日落沙明天倒開波搖石動水縈回輕舟之月高溪轉轆號山陰雪後來太白全集中精緻董存銀河九天一首尤多實漾 一九九零年八月 啟功

启功书法

以选一些虽非有益但亦无害的作品，因此特别羡慕柴德赓那些可以藏之名山的著作。确实，柴德赓在历史学研究上卓有建树，令人钦佩。这里存在一个小小的争议：陈校长曾有一部历史讲稿，用油印出过一份，柴德赓就根据这份材料加工成自己的《史籍举要》，这里面当然有很多与陈校长内容相同的部分，但这也不好过于追究责备，如古代的《大戴礼记》和贾谊的《新书》，有很多重复的地方，也很难说谁抄谁的，可能都是把老师的讲稿放进去造成的。

纸
上
畸
魂

①

从 1971 年 7 月一直干到 1977 年，任务是校点《二十四史》。我的具体任务是校点《清史稿》。这时，我的人事关系虽然还在师大，但人已借调到中华书局，等于到了一个全新的单位，而这个单位的其他人也都是从全国各地临时调来的，而且都是研究各朝历史的专家和学者。

到中华书局不久，全体职工挤在中华书局的仓库里听传达，当听到"折戟沉沙"的消息以后，大家心中都出了一口恶气，心情空前地舒畅。工作一顺利，心情一愉快，我的积习又不断地萌动，在工作之余或午休的时候又忍不住写写画画起来，随便抻一张纸，信手挥洒几笔，一时成为中华书局一景。这使我想起了苏东坡的遭遇：当他在乌台受审时，他已写下"梦绕云山心似鹿，魂惊汤火命如鸡"的绝命诗，但被贬黄州后，境遇稍有改善，就又高唱"却对酒杯浑是梦，试拈诗笔已如神"了。我的积习复燃，不是和东坡有很相似之处吗？

---

① 节选自《启功口述历史》第四章，篇名为编者所加。

我每完成一幅小作品，大家就评论两句，缓解一下疲劳，在场的谁有兴趣谁就拿走，谁也不必刻意地求我，我也不特意地送谁，大家都把它当成一种乐趣，暂时忘却那多事之秋带来的种种烦恼。多少年后，回想起这融洽的情景还觉得很有意思。

我曾写了四首小绝句《题旧作山水小卷。昔预校点诸史之役，目倦时拾小纸作画，为扶风友人持去，选堂为颜"云蒸霞蔚"四字。今归天水友人，为题四首》，其中前两首写道：

> 小卷零笺任意描，丛丛草树聚山坳。
>
> 不知十几年前笔，纸上畸魂似可招。
>
> 窗下余膏夜半明，当年校史伴孤灯。
>
> 可怜剩墨闲挥洒，块垒填胸偶一平。

其中"纸上畸魂""块垒填胸"等正是指在那特殊年代作画时的感情。

此心终不负双星 ①

　　我的老伴叫章宝琛，比我大两岁，也是满人，属"章佳氏"，二十三岁时和我结婚，我习惯地叫她姐姐。我们属于典型的先结婚后恋爱的夫妻，婚后感情十分好。她十分贤惠，不但对我体贴入微，而且对我的母亲十分孝敬，关系处得十分融洽。我曾在纪念她的组诗《痛心篇》二十首中用两首最直白，但又是最真切的五言绝句这样记录我们之间的亲切感情：

　　　　结婚四十年，从来无吵闹。

　　　　白头老夫妻，相爱如年少。

---

① 节选自《启功口述历史》第四章，篇名为编者所加。

先母抚孤儿，备历辛与苦。

曾闻与妇言，似我亲生女。

到我这一辈，我家已没有任何积蓄，自从结婚后，就靠我微薄的薪水维持生活。特别是前几年，我的工作非常不稳定，在辅仁几入几出，几乎处于半失业的状态。我的妻子面临着生活的艰辛，没有任何埋怨和牢骚。她自己省吃俭用，有点儿好吃的，自己从不舍得吃，总要留给母亲、姑姑和我吃，能自己缝制的衣服一定自己动手，为的是尽量节省一些钱，不但要把一家日常的开销都计划好，还要为我留下特殊的需要：买书和一些我特别喜欢又不是太贵的书画。我在《痛心篇》中这样写道：

我饭美且精，你衣缝又补。

我剩钱买书，你甘心吃苦。

特别令我感动的是，我母亲和姑姑在1957年相继病倒并去世，我不得不把大部分精力投入社会活动中，重病的母亲和姑姑几乎就靠我妻子一个人来照顾。那时的生活条件又不好，重活脏活、端屎端尿都落在她一人身上，如果只熬几天还好办，但她是成年累月地忙碌。看着她日益消瘦的身体，我心痛至极，直到送终发丧，才稍微松了一口气。我没有别的能感谢她，只好请她坐在椅子上，恭恭敬敬地叫她一声"姐姐"，给她磕一个头。

她不但在日常生活中百般体贴我，还能在精神上理解我。我在辅仁美术系教书和后来教大一国文时，班上有很多女学生，自然会和她们有一些交往，那时又兴师生恋，于是难免有些传闻。但我心里非常清醒，能够把握住分寸，从来没有任何超越雷池的举动。那时有一个时兴的词，形容男女作风不正常的过于亲昵叫"吊膀子"，我可绝没有和任何女生吊过膀子，更不敢像某前辈大师那样"钦点"手下的女学生：据说有一回，一些弟子向这位前辈大师行磕头礼，正式拜他为师学画。他看到其中有一个他喜欢的女学生，就对她说："你就不用磕头了。"这位女学生心领神会，后来就嫁给了他。我可没这么大的谱。

这些风言风语也难免会传到我妻子的耳中，但她从来都很理解我，绝不会向我刨根问底，更不会和我大吵大闹，她相信我。如果有人再向她没完没了地嚼舌，她甚至这样回答他："我没能替元白生育一男半女，我对不住他。如果谁能替他生育，我还要感谢她，一定会把孩子当亲生的子女一样。"她就是这样善良，使嚼舌的人听了都感动，更不用说我了，我怎么能做任何对不起她的事呢？

她不但在感情生活上理解我，在政治生活上也支持我。按理说，她一生都是家庭妇女，哪里谈得上什么政治，她不找政治，政治却要找她。各种打击都要株连到家庭，她也有委屈的时候，但在我的劝导下，她也想开了，不但对我没有任何的埋怨，而且铁定决心和我一起共度那漫漫长夜，一起煎熬那艰苦岁月，还反过来劝慰我放宽心，保重身体，"留得青山在，不怕没柴烧"。我不知这是不是叫逆来顺受，但我却知道这忍耐的背后，却体现了她甘于吃苦、坚忍不拔的刚毅和勇气。

她不但有这种毅力和精神，而且相当有胆识和魄力，在随时可能引火烧身的情况下，一般人唯恐避之不及，能烧的烧，能毁的毁，我不是也把宗人府的诰封①烧了吗？但她却把我的大部分手稿保存了下来，她知道这是我的生命，比什么东西都值钱。后来我有一组《自题画册十二首》的诗，诗前小序记载的就是这种情况："旧作小册，浩劫中先妻褫其装池题字，裹而藏之。丧后始见于箧底，重装再题。"她把我旧作的封面撕下卷成一卷，和其他东西裹在一起，躲过浩劫。

受她的启发，我把起草的《诗文声律论稿》偷偷地用蝇头小楷抄在最薄的油纸上，一旦形势紧张，就好把它卷成最小的纸卷藏起来。幸好这部著作的底稿也保存了下来。当我打开箱底，重新见到妻子为我保留下来的底稿时，真有劫后重逢之感。要不是我妻子的勇敢，我这些旧作早就化为灰烬了。所以我们称得上是真正的患难夫妻，在她生前我们一路搀扶着经历了四十年的风风雨雨，正像《痛心篇》中所说的：

　　相依四十年，半贫半多病。

　　虽然两个人，只有一条命。

但不幸的是她身体不好，没能和我一起挺过漫漫长夜，迎来光明。她先是在1971年患严重的黄疸性肝炎，几乎病死，幸亏后来多方抢救，使用了大量的激素药物才得以暂时渡过难关。在她病重时我想到了我们俩的归宿，我甚至想，不管是谁，也许死在前面的倒是幸运。但不管怎样，我们俩将来仍会重聚：

　　今日你先死，此事坏亦好。

---

① 作者启功是清雍正帝之子和亲王弘昼后裔，民国时宗人府给予袭封三等奉恩将军的封诰，盖民国大总统徐世昌的印章。作者曾将其作为文物保存。

免得我死时，把你急坏了。

枯骨八宝山，孤魂小乘巷。
你且待两年，咱们一处葬。

后来她的病情出现转机，我不断地为她祈祷祝福：

强地松激素，居然救命星。
肝炎黄疸病，起死得回生。

愁苦诗常易，欢愉语莫工。
老妻真病愈，高唱乐无穷。

到了秋天她的病真的好了，我把这些诗读给她，我们俩真是且
哭且笑。

但到了 1975 年，老伴旧病复发，身体状况急剧下降，我急忙
把她再次送到北大医院，看着她痛苦的样子，我预感到她可能不久
于人世，所以格外珍惜这段时光：

老妻病榻苦呻吟，寸截回肠粉碎心。
四十二年轻易过，如今始解惜分阴。

那时我正在中华书局点校《二十四史》，当时是对我高度信任
才让我从事这项工作，我自然不敢辞去工作，专门照顾老伴。所幸
中华书局当时位于灯市西口，与北大医院相距不远。为了既不耽误

上班，又能更好地照顾她，我白天请了一个看护，晚上就在她病床边搭几把椅子，睡在她旁边，直到第二天早上看护来接班。直到现在我还非常感激这个看护，很想再找到她，但一直没联系上。就这样一直熬了三个多月，我也消磨得够呛，她虽然命若游丝，希望我能陪伴她度过仅有的时光，但还挂念着我的身体，生怕把我累坏，不止一次地对我和别人说：

> 妇病已经难保，气弱如丝微袅。
> 执我手腕低言："把你折腾瘦了。"

> "把你折腾瘦了，看你实在可怜。
> 快去好好休息，又愿在我身边。"

> 病床盼得表姑来，执手叮咛托几回。
> "为我殷勤劝元白，教他不要太悲哀。"

到后来她经常说胡话，有一次说到"阿玛（满族人管父亲称阿玛）刚才来到"。我便想只要她能在我身边说话，哪怕是胡话也好：

> 明知呓语无凭，亦愿先人有灵。
> 但使天天梦呓，岂非死者犹生。

在她弥留之际，我为她翻找准备入殓的衣服，却只见她平时为我精心缝制的棉衣，而她自己的衣服都是缝缝补补的：

> 为我亲缝缎袄新，尚嫌丝絮不周身。
>
> 备他小殓搜箱箧，惊见衷衣补绽匀。

　　她终于永远离开了我。我感谢了前来慰问的人，对他们说我想单独和她再待一会儿。当病房里只剩下我们这一生一死两个人的时候，我把房门关紧，绕着她的遗体亲自为她念了好多遍《往生咒》。当年我母亲去世时，我也亲自给她念过经，感谢她孤独一人茹苦含辛地生我，抚我，养我，鞠我。当时，别人如果知道我还在为死者念经，肯定又会惹出大麻烦，但我只能借助这种方式来表达和寄托我对她的哀思。这能说是迷信吗？如果非要这样说，我也顾不得那么多了，我只能凭借这来送她一程，希望她能往生净土，享受一个美好幸福的来世，因为她今生今世跟我受尽了苦，没有享过一天福，哪怕是现在看来极普通的要求都没有实现。我把我的歉疚、祝愿、信念都寄托在这声声经诵中了。

　　她撒手人寰后，我经常在梦中追随她的身影，也经常彻夜难眠。我深信灵魂，而我所说的灵魂更多的是指一种情感，一种心灵的感应，我相信它可以永存在冥冥之中：

> 梦里分明笑语长，醒来号痛卧空床。
>
> 鳏鱼岂爱常开眼，为怕深宵出睡乡。

> 君今撒手一身轻，剩我拖泥带水行。
>
> 不管灵魂有无有，此心终不负双星。

　　老伴死后不久，我的境况逐渐好了起来，用俗话说是"名利双收"，但我可怜的老伴再也不能和我分享事业上的成功和生活上的改善。
她和我有难同当了，但永远不能和我有福同享了。有时我挣来钱一
点儿愉快的心情都没有，心里空落落的，简直不知是为谁挣的；有时
别人好意邀请我参加一些轻松愉快的活动，但一想起只剩下我一个
人了，就一点儿心情都没有了：

> 钞币倾来片片真，未亡人用不须焚。
>
> 一家数米担忧惯，此日摊钱却厌频。
>
> 酒酽花浓行已老，天高地厚报无门。
>
> 吟成七字谁相和，付与寒空雁一群。
>
> ——《夜中不寐，倾箧数钱有作》

> 先母晚多病，高楼难再登。
>
> 先妻值贫困，佳景未一经。
>
> 今友邀我游，婉谢力不胜。
>
> 风物每入眼，凄恻偷吞声。
>
> ——《古诗四十首·十一》

我把先妻的镜奁作为永久的纪念珍藏着，经常对镜长吟：

> 岁华五易又如今，病榻徒劳惜寸阴。
>
> 稍慰别来无大过，失惊俸入有余金。
>
> 江河血泪风霜骨，贫贱夫妻患难心。
>
> 尘土镜奁谁误启，满头白发一沉吟。
>
> ——《见镜一首。时庚申上元，先妻逝世将届五周矣》

凋零镜匣忍重开，一闭何殊昨夕才。

照我孤魂无赖往，念君八识几番来。

绵绵青草回泉路，寸寸枯肠入酒杯。

莫拂十年尘土厚，千重梦影此中埋。

——《镜尘一首，先妻逝世已逾九年矣》

"昔日戏言身后事，今朝都到眼前来。"当年我和妻子曾戏言如果一人死后另一人会怎样，她说如果她先死，剩下我一人，我一定会在大家的撺掇下娶一个后老伴的，我说绝不会。果然先妻逝世后，周围的好心人，包括我的亲属，都劝我再找一个后老伴。我的大内侄女甚至说："有一个最合适，她是三姑父的学生，她死去的老伴又是三姑父最要好的朋友，又一直有书信来往，关系挺密切，不是很好吗？"确实，从年轻时我们就有交谊，但这不意味着适合婚姻。

还有人给我说合著名的曲艺艺人，我也委婉地回绝了，我说："您看我这儿每天人来人往的，都成了接待站了，再来一帮梨园行的，每天在这儿又说又唱的，还不得炸了窝？日子过起来岂不更不安生？"还有自告奋勇、自荐枕席的，其牺牲精神令我感动，但那毕竟不现实。所以我宁愿一个人，也许正应了元稹的两句诗："曾经沧海难为水，除却巫山不是云。"

到1989年冬，离先妻去世已十四年了，我又因心脏病发作住进北大医院，再次面临死亡考验。在别人都围着我的病床为我担心的时候，我忽然又想起了当年和老伴设赌的事，我觉得毫无疑问，是我赢了。于是写了一首《赌赢歌》，这在我的诗集中体例也是很特殊的一首，颇像大鼓书的鼓词儿，一开始说：

老妻昔日与我戏言身后况，自称她死一定有人为我找对象。

我笑老朽如斯那会有人傻且疯，妻言你如不信可以赌下输赢账。

……　……

接下来写家人朋友如何为我"找对象"，其中两句说别人都是好心劝我找个"伴"，我却怕找不着伴，倒找了个"绊"：

劝言且理庖厨职同佣保相扶相伴又何妨？

再答伴字人旁如果成丝只堪绊脚不堪扶头我公是否能保障？

最后写到在鬼门关前证明还是我赢了，为此我不但不害怕，而且发出胜利的笑声：

忽然眉开眼笑竟使医护人员尽吃惊，以为鬼门关前阎罗特赦将我放。

宋人诗云时人不识余心乐，却非傍柳随花偷学少年情跌宕。

床边诸人疑团莫释误谓神经错乱问因由，郑重宣称前赌今赢足使老妻亲笔勾销当年自诩铁固山坚的军令状。

就这样我孤单一人生活到现在，感谢我的内侄一家精心照料我的生活。

迟到的春天①

　　1977 年点校《二十四史》的工作结束，我重新回到师大从事教学和科研工作。先是参加了恢复高考后培养师大首届研究生的指导工作，为他们讲课，指导他们的毕业论文，后来也为本科生和业大生开些专题讲座。那时学生的学习积极性非常高，每次讲课教室都坐得满满的，我讲起来也很有兴致。1984 年被聘为博士生导师，直到现在每年都招收若干名博士生。

　　之后我的社会工作和社会兼职越来越多，位置越来越高。我曾和别人开玩笑说自己是"贼星"发亮。1980 年当选为"九三"学社中央委员。1981 年中国书法家协会成立，当选为副主席，主席由号称"军中一支笔"的老同志舒同担任，1984 年舒同离任，我接任主席。之前我被选为北京市政协委员，被任命为北京市民族事务委员会委员。1983 年受国家文物局聘请，我和几位专家组成中国古代书画鉴

---

① 本文为节选。

定组，负责鉴定全国各大博物馆馆藏的书画作品。1986 年又被文化部聘为国家文物鉴定委员会的主任委员、故宫博物院顾问、《中国美术分类全集》主编。1986 年起历任全国政协第五、第六、第七、第八、第九、第十届常委，并兼任书画室主任。1992 年被聘为中央文史研究馆副馆长，1999 年正馆长萧乾先生去世后接任馆长。

随之而来的是大量的社会活动的增多。如自 1982 年起，多次到香港各大学讲学、访问、鉴定、办展，其中较有影响的是 1990 年为筹备"励耘奖学金"举办的"启功书画义卖"。这次义卖得到香港有关人士的大力支持，所得款项扣除办展成本、所得税后共计一百六十余万元，我把它全部交给学校，成立一个扶植贫困学生的奖学基金会。起初学校要用我的名字来命名，我坚决不同意，而以陈老校长的书斋名"励耘"来命名，以此略表我对老师的感激与缅怀，也希望下一代能把老校长的精神和品格传承下去。而当 1997 年香港回归时，我真的体会到一种民族自豪感，不禁口占了几首小诗：

珠，合浦还来世所无。

一百载，华夏史重书。

珠，光焕南天海一隅。

惊回首，国耻一朝除！

髫年读史最惊人，踞我封疆一百春。

望外屏躯八十五，居然重见版图新。

1983 年应日本中国文化交流协会邀请，在东京举办"启功书

作展",之后多次应邀到日本讲学、访问或举办展览,如 1987 年与日本书法家宇野雪村联办"启功·宇野雪村巨匠书法展",1998 年应日本日中友好会馆的邀请,为庆祝日中友好会馆建馆十周年举办了"启功书法求教展",并访问日本三井文库鉴赏书画。1994 年为庆祝中韩建交两周年,应韩国东方画廊邀请与韩国书法家金赝显联合举办了书法展。1995 年应韩国总统金泳三邀请参加中国政府代表团到韩国进行访问。还多次到新加坡举办"启功书画展",并组织中央文史研究馆馆员书画展。1996 年赴美国、法国、英国访问,参观了三国国家博物馆收藏的中国书画作品。1999 年又赴美国纽约大都会博物馆出席"中国艺术精华研讨会"。至于在国内办的个人展览就更多了,如 1992 年由全国政协等单位主办的"启功书画展",2001 年举办的《启功书画集》出版座谈会,2002 年为庆祝北京师范大学建校一百周年举办的"启功书画展"等。

总之这二十多年过得空前充实,充实得简直应接不暇。这二十多年我住在北师大红六楼宿舍,前来造访的人络绎不绝,常常早晨六点多钟就有抢占地形,在门口恭候的,有到晚上九十点钟还难以劝退的。有的当然是公务,有的纯属私访,有的事先约定,有的突然袭击。公务当然耽误不得,但私访有时也不好得罪,如果没能腾出时间加以接待,往往招致来者不满。还有每天大量来信,情况也如此,大多属于"我是一个书法爱好者",或"我是一个收藏爱好者",在恭维了一顿之后就向我索要"墨宝",还有把自己大卷大卷的作品寄来请我指教的。

我哪里有那么多的墨宝?而我自知个人的分量,绝不敢让国家给我配专职的秘书,对那些盼望回信的很难一一作答。这里对专程来访未能接待及诚意来函未能回复的一并致歉。有时来的人太多我实在支撑不了，就在门上贴张条子："启功因病谢客。"但很快条子被人揭去，又因有朋友把我比成大熊猫，便演绎成"大熊猫因病谢客"。其实我从来没有自称过大熊猫，更没有直接把它书写张贴，我知道大熊猫是国宝，我哪里敢以它自比？后来我让学校出面，拟一段声明，说明确实是由于身体不好而不是找借口推托。但有的来客置若罔闻，敲门声仍不绝于耳。实在应付不了，我就只好落荒而逃，到学校的招待所躲几天，但没过两天，消息灵通者又闻风而动，接踵而至。

有时我索性躲到一般人进不去的地方，如国家招待所，甚至是钓鱼台，但这都不是长久之计。我当时的狼狈劲儿自己都很难表达，幸好挚友黄苗子先生曾戏作一首《保护稀有活人歌》略加陈述，不妨请整理者过录一下，以再现一下当时的情景，以求博得诸位的谅解，其中称我为"国宝"实在不敢当，但所写情景确实如此：

国子先生醒破晓，不为惜花春起早。

只因剥啄叩门声，"免战"牌悬当 ① 不了。

入门下马气如虹，嘘寒问暖兼鞠躬。

纷纷挨个程门立，列队已过三刻钟。

先生谦言此地非菜市，不卖黄瓜西红柿。

诸公误入"白虎堂"，不如趁早奔菜场。

众客纷纷前致辞，愿求墨宝书唐诗。

立等可取固所愿，待一二日不为迟。

或云夫子文章伯，敞刊渴望刊鸿词。

或云小号新门面，招牌挥写非公谁？

---

① 当：阻挡，抵挡。

或云研究生，考卷待审批，三四十卷先生优为之。

或云书画诗词设讲座，启迪后进唯公宜。

或云学术会议意义重，请君讨论《红楼梦》。

或云区区集邮最热衷，敢乞大名签署首日封。

纷咙未已叩门急，社长驾到兼编辑。

一言清样需审阅，逾期罚款载合约。

一言本社庆祝卅周年，再拜叩首求楹联。

…… ……

蜂衙鹊市仍未已，先生小命其休矣。

早堂钟响惕然惊，未盥未溲未漱齿。

渔阳三挝门又开，鉴定书画公车来。

国宝月旦岂儿戏，剑及履及溜之哉！

…… ……

　　我也有类似的诗，写这些索要书画的朋友是如何地不留情面，
逼得我无处躲藏：

来书意千重，事事如放债。

邮票尚索还，俨然高利贷。

左臂行将枯，左目近复坏。

左颧又跌伤，真成极右派。

鄙况不多谈，已至阴阳界。

西望八宝山，路短车尤快。

启功《藏园校书图》

拙画久抛荒，拙书弥跻癫。

如果有轮回，执笔他生再。

——《友人索书并索画，催迫火急，赋此答之》

但平心而论，我是愿意抓住难得的历史机遇为我能尽力的事业
贡献一切力量的。

这是难得的春天，虽然它来得有些迟。

附录

启功书《王之涣〈登鹳雀楼〉》

白日依山尽，黄河入海流。
欲穷千里目，更上一层楼。

庐山东南五老峰，青天削出金芙蓉。
九江秀色可揽结，吾将此地巢云松。

启功书《李白〈登庐山五老峰〉》

庐山东南五老峰，青天削出金芙蓉。
九江秀色可揽结，吾将此地巢云松。

启功书《杜甫〈复愁十二首·其二〉》

钓艇收缗尽，昏鸦接翅归。
月生初学扇，云细不成衣。

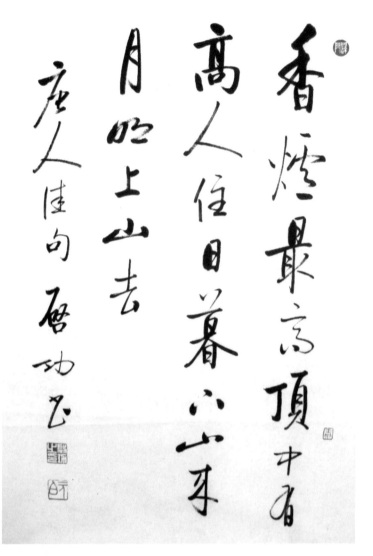

启功书《李端〈感兴〉》

香炉最高顶，中有高人住。
日暮下山来，月明上山去。